青春若有张不老的脸

■ 周中强 著

总有一个故事让你找到自己

在能够表达爱的时候，我们应该用力表达，
在能够散发点温暖的时候，我们要用力散发，
并把它们当作最自然的事。

如此，人生才会平平常常却又刻骨铭心。

长江出版传媒

长江文艺出版社

新出图证（鄂）字 03 号

图书在版编目（CIP）数据

青春若有张不老的脸 / 周中强著 . —武汉： 长江
文艺出版社，2015.2（2015.3 重印）
ISBN 978-7-5354-7804-7

Ⅰ . ①青… Ⅱ . ①周… Ⅲ . ①随笔—作品集—中国—
当代 Ⅳ . ① I267.1

中国版本图书馆 CIP 数据核字（2014）第 299451 号

选题策划：俞根勇　吴志硕　林　瑞　乔　洋　　　封面设计：刘　骁
监　　制：郎世滇　刘杰辉　俞根勇　　　　　　　内页设计：尚世视觉
责任编辑：吴　双　张璞玉　　　　　　　　　　　责任印制：张伟明
责任校对：李　娜　　　　　　　　　　　　　　　营销编辑：刘洛洛　林沭言　宋涛涛

出版：长江出版传媒　长江文艺出版社
地址：武汉市雄楚大街 268 号　　　　　邮编：430070
发行：长江文艺出版社
　　　北京时代华语图书股份有限公司　（电话：010-83670231）
http://www.cjlap.com
印刷：北京国彩印刷有限公司

开本：880毫米 ×1230毫米　1/32　　　印张：8.25
版次：2015年2月第1版　　　　　　　　2015年3月第2次印刷
字数：130千字

定价：36.00 元

one / 1

爱上你是最快乐的事，
但愿它永远不被改变

TWO/2

含着泪我一读再读，却不得不
承认青春是一本太仓促的书

THREE /3

梦想再大也不嫌大，
追梦的人再小也不嫌小

壹

chapter 1

爱上你是最快乐的事，
但愿它永远不被改变

无论我本人多么平庸，
我总觉得对你的爱很美。

100分

张茜上大学的时候，一群男生想追她。张茜从小学就开始和男生传纸条，她就是恳切地听男生说话，温柔地回复，给他们一个美丽的侧脸，并且隐蔽地炫耀自己的身材，心情好了距离很近地跟男生说话，眼神专注含情脉脉，若即若离时有时无，那些男生总会立刻迫不及待地展露自己的内心。

张茜把这套方法，施加于许非身上，结果许非面不改色，无动于衷。最后张茜和许非结婚了。许非告诉张茜："其实我是最想追你的，但是看着大家一个个被你斩于马下，我迟迟不敢出招。后来是袁语告诉我对付你这种狡猾的姑娘，就得采取'狐狸傲慢，我比狐狸更傲慢'的狩猎方式才能成功，没想到真管用。"

许非这一交代，害我请张茜吃了好几顿饭。当然，后来我也没少去这两口子那儿蹭饭吃。

有次蹭得酒足饭饱之后，我在许非书架上乱翻书打发时间，结果翻出几张草纸，看完之后，让我汗颜。我身为一个写作者，至今也没写出比这更好的文章。征得许非张茜两口子同意，现刊发全文：

今天是公元 2007 年 10 月 4 日，举国同庆放大假，我和我们家领导张茜同学窝了三天。张茜同学已经玩了三天的超级玛丽，今天我冒死进谏，明确指出她作为一位著名女作家，不应该好逸恶劳。我做好饭，吃完饭，洗完碗，洗完澡，擦完地，又擦一遍地，她还在玩儿超级玛丽，这是不对的，起码要去洗个澡。她不干，非要我写一些关于她的文字，至少 30 条，答应了她才肯去洗澡。我能答应这种无理要求吗？当然能。

她洗澡，我写字。她洗完，我写完。

1、开学那天，见到班上一个女孩，第一眼便惊艳了我的世界，那种感觉，就像素未谋面，却爱了好多年。

2、开班会自我介绍，我知道了她叫张茜，她的声音很温婉，以至于我沉醉其中，除了她的名字什么都没听见，但只是静静地望着，心情也很灿烂。

3、发军训服那天，她穿着碎花的裙子，浅粉色的 T 恤进入我的眼帘；我穿一双匡威白板鞋，平膝短裤，9 号 POLO 衫。

4、军训时她站在我的前面，我感觉这已经足以花掉我此生所有的运气，看着她的马尾辫，心里就像经历了一场小地震，方圆五厘米都在颤。

5、她第一次跟我说话，我感觉像是小时候进老师办公室，紧张到不知道下一秒会发生什么，所以我竟然没有回答。

6、班上很多男生喜欢她，她也喜欢跟每个男生聊天，让我内心惶恐不安，随时准备冲上前打那些男生的脸。

7、体育课，她又穿了那件浅粉色的T恤，阳光下她的微笑很灿烂，明亮了我整个生命。

8、晚自习停电，手机打亮她的脸，看到她觉得温暖平静，像漆黑夜里的一只萤火虫。

9、晚上又做梦了，看到千面容颜，都是她的五官。

10、总会有一些事情会让人心烦，可看到她的笑容感觉什么事都无所谓了。

11、她突然不扎马尾了，而是改成了长发披肩，连她走过我身边的味道都变得新鲜。

12、今天她突然远远地扭头看了我一眼，对视的时候觉得整个世界都安静了，能看见她眼睛的时候不会再注意周围的环境。

13、那天站在那里看着她顺着阳光的光线走过来微笑的样子，太难忘了，这是我最美丽的暗恋回忆。

14、操场上，她走过来跟我说话，我呆滞了半天。她在阳光下眯起眼睛对我笑得好暖。

15、我故意走过她身边，在掠过她身旁的那个瞬间，心跳得怕别人听见，然后还装作自己一副牛哄哄的样子从她面前走过，耳朵的温度，大概只有我自己知道。

16、在图书馆，她冲我笑，我发呆了一个下午。

17、我准备了整整三天该如何表白，我已经藏不住我对她的喜欢。

18、我怕太过含蓄的表白她听不懂，但是她回应得积极主动，我什么都没说她就点头答应了。

19、第一次跟她牵手，激动到忘了摘掉厚厚的手套，却一样感受到了她掌心的汗珠。

20、爬长城下来的时候，她假装脚崴了让我背着下来，我觉得这是个另类的女生，跟她在一起很快乐。

21、原来她也很文艺，写了一首小诗给我：很多年前的秋天／你爸妈有了一个孩子／今年秋天／我收获了许非的爱情。

22、我打篮球的时候脚弄骨折了，她挂在脸上的眼泪像水晶一样，晶莹剔透。

23、脚瘸了好多天，我右边的拐杖是拐杖，左边的拐杖是她。

24、那晚的泡面，是我这辈子吃过最好吃的。

25、她自己逃课来陪我上课，又哀求我去陪她上课，我终于答应了，半路她却拉着我一起逃课。

26、我生日那天，她亲自给我做了蛋糕，她说她到蛋糕店跟师傅学了半个月，不好吃也不许说不好吃。蛋糕，太甜。

27、第一次来得很突然，两个手足无措的青年男女，画面很美，也很难忘。

28、我们从一开始就可以坦然面对彼此的过往，就好像我们一直生活在彼此的过往。

29、她送了我一本书《男人来自火星，女人来自金星》，告诉我看女人的部分就行了，男人的她看。

30、她在我辅导员面前，甜甜地打招呼说："胡老师好。"

31、我们周末去看电影，她总会带一只保温杯，她跟我说电影院的饮料太凉，你的这破肠胃，只配喝水。

32、我们一起收拾属于我们的小房子，她站在房间中央，我觉得她是整个房间里最美的装修。

33、她捡了一只流浪猫回来，仔细地给它洗澡，拿自己的梳子帮它梳头，还给它取名叫"许非"，从此我有了小情敌。

34、她发信息说：我先回去给你和小"许非"做好吃的。到我下课时，外面倾盆大雨，她拿着雨伞站在教室门口。一边是倾盆大雨，一边是笑颜如花。

35、她说，今天穿帅点儿，我爸妈要来学校看我，带你见家长。我爸抽烟，烟我买好了，别忘了带着。

36、她爸很喜欢我，她比我还高兴，回来奖励我洗了三天碗。

37、我写毕业论文，她帮我打蚊子，打了一夜。

38、她高兴地跟我集合回去收拾东西，去见我爸妈。回到老家天都黑了，我到家倒头就睡着了。她不顾旅途劳顿忙上忙下，帮我爸妈做饭扫地，忙活到很晚，我爸妈很开心。

39、我妈给她的见面礼让我花没了，不知道花哪里了。

40、她不写论文，不拿毕业证，不想找工作，比我洒脱。朋友问我以后怎么办时，我说什么怎么办，大不了我养她。

41、她闲了好久，开始为工作发愁。其实真的没关系，我愿意我养着，虽然没跟她说过，因为她好强，各方面都想比我厉害。

42、她还喜欢让我跟她玩儿超级玛丽，其实水平差不多，她非说比我厉害，我承认我不比她厉害，但嘴上却说我比她厉害。

43、她开始在家写东西，想成为一个作家，她说很喜欢待在家里，而作家可以坐家里，适合她。我说，加油，支持你。

44、她很恋家，但我还给不了她家。

45、毕业离校的时候我牵着她的手，像是我最宝贵的行李，这孩子，把一辈子的幸福交给我了，她赌了，我要证明她押对了。

46、毕业后在北京蜗居半年，我上班很辛苦，她开始觉得悲伤，她说一定要帮我分忧。

47、她想干什么事情的时候不大考虑后果，或许不在乎才不去计较，我不得不替她在乎。

48、喜欢看书，养花，养鱼，喜欢买任何东西都要顺带给我买个情侣的，没有情侣的物件她就自己做一个。

49、毕业一年，她没有上班，但是一直在很努力地写作，写完就给我看——只要我觉得好的，她就非要改改；我觉得不好的，她不一定改。

50、她拿到了第一笔稿费，请我吃饭全花了，我还贴了好几十。

51、她去一家杂志社上班，总是遇见各种各样奇妙的人和事，乐此不疲地给我分享。

52、她唠叨着累，要回大连，要离开我。

53、有次吵架要分手，她收拾行李走了，我也不留，一个人在公寓哭着玩超级玛丽，眼泪哗哗的。我找袁语来，俩人抽了三包烟，

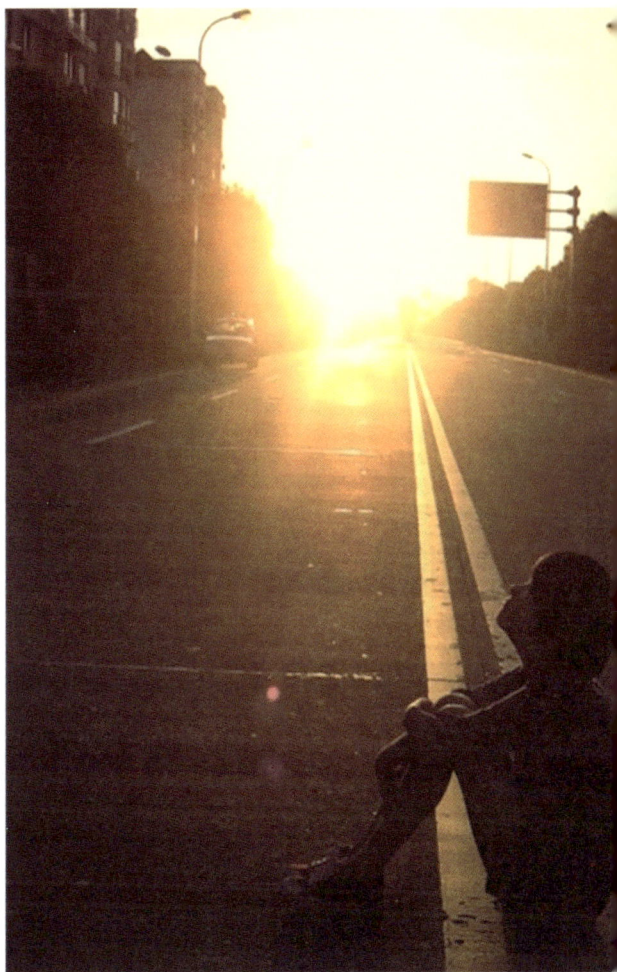

分手

说好了分手，那就说走就走。
不走的是小狗。一只小狗在等着
一只小狗。回头。

无关紧要

西川说蚕蜓其实叫不叫蚕蜓无关紧要，

真的，无关紧要。

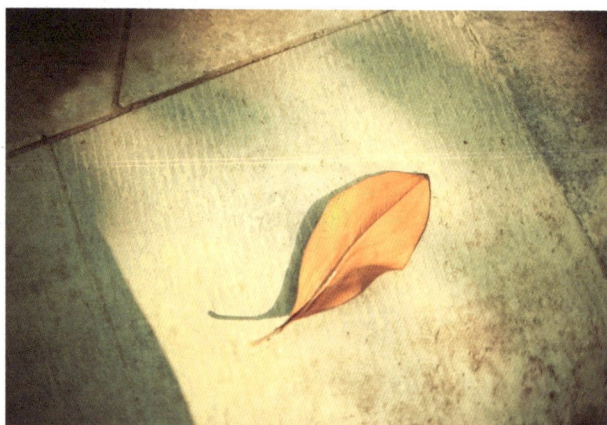

袁语抽了三根。我实在受不了了，骑上摩托车疯子般地往车站追，路上疯狂地给她打电话。她说上车走了，我说等她回来，她说没钱回来，我说你想办法，你不回来，我等到明天早上。然后她告诉我她在家门口，我把门锁了，她忘带钥匙了。我骑车冲回家，抱她进屋。

54、她去广州，送她的时候，我这送人的没哭，她哭得稀里哗啦的。但她有颗说走就走的心，哪怕是离开我，或许是太脆弱，才表现得越发决绝。

55、我以为自己无法忍受的事情，在她身上忍受了。

56、我去成都出差，她送我到车上，跟我微信聊天聊了一个小时，突然跟我说："我看你旁边的位置空着，我能过去坐着吗？你帮我补张票。"

57、有段时间她热衷于摆地摊，的确很赚钱，但她三天打鱼两天晒网的没挣到钱，却热衷于此。

58、有时候她生气了就去大学闺蜜那里住，邻居问我，你老婆怎么没来，我总是编各种理由，从不说我们吵架，因为说吵架邻居们都会认为我不对，狡猾的她，让所有人都对她印象很好。

59、生她气的时候，我自己都会找理由原谅她，有时实在找不到理由，就继续找。

60、从一开始我就说，再怎么吵架也不要说分手，她说了好几次，我假装没听到。后来我也说了一次，她哭着说你说话不算数，以后不许再说。

61、有时候逼急了我会用陕西方言骂她，她听不懂，就对着我生气的脸笑嘻嘻。如果我说她有病，她不反驳，然后证明我也有病。

62、我喜欢听她的声音，现在她感冒了，声音却更好听，听起来新鲜，好像新换了女朋友。

63、她很注重自己的形象，但是她的好闺蜜来家里，她穿着睡衣和拖鞋就出来了。

64、她和出版社签了长篇小说合同，说要写夫妻吵架的桥段，逼我跟她吵架，后来吵着吵着自己哭了，说我欺负她。

65、她有时候喜欢一个人的生活，跑去日本玩儿，花得一分钱不剩。

66、一起在我家看了个垃圾电影，里面有个大坏蛋，她便叫我大坏蛋，嬉闹了半夜。我妈第二天坏坏地问我，昨晚干吗睡那么晚。

67、去西安的时候我姐她婆婆说："许非你这么丑怎么找了个这么好看的媳妇。"她认真地说："阿姨你不能这么说我们许非，许非最帅。"

68、开玩笑不小心一个耳光打在她脸上，她郁闷了五分钟向我宣布说："我好了。"到现在还后悔打了她，估计她也记得。

69、去年她一个人在上海过的生日，前年我嘴馋提前了一天给她过生日，还振振有词。

70、我记性不好，有两年我老记不住她生日是 10 月 24 日还是 10 月 27 日，她很伤心，于是她宣布以后两天都得给她过。

71、我爸妈打电话总让我带她去吃点好的，说她太瘦。她却总说自己胖。

72、她受不了我跟她回忆上学时候的恋爱故事，说太美好，不忍心回忆。

73、她说现在在写我，让我也要好好写写她。每天都督促我做这件事儿，但是我一直不知道该怎么写。

74、我写不出来，她还是创造条件让我写，而且为了不打扰我，自己在床上看书，看《一个无尚荣光的女人》，看着看着突然过来头枕我腿上，撩起我的汗衫，脸贴上，作小猫状。

75、我们都喜欢山水田园的地方，不喜欢城市。

76、她敢一个人从市中心暴走到我们上班的地方，那地方都快到五环了。

77、去年冬天，她爸身体不好，我跟她回大连。我喜欢上了那个北方的海滨城市，只是每次吃完海鲜都过敏，但还是想吃。

78、她不再吵吵着回家安定，她说只要有爱，哪里都是家。我想她是体谅我暂时还做不到跟她回家。

79、她爸没了，我觉得我该早点给她幸福的生活，不再让她在选择她妈还是选择我之间徘徊。

80、偶尔我们会买彩票，幻想中500万，然后不论我们将经历什么，结婚还是分手，我都把钱给她。

81、她总抱怨怎么找了我这样一个笨蛋男人，又不会说甜言蜜语还不会做饭，于是我连着做了一个礼拜的饭。每次她都说，真是有眼无珠，她男人做的饭真好吃，以这小伎俩骗我继续做饭。

82、她会把乱七八糟的东西弄成一盘菜，味道倒是不怪，只要我说太好吃了，她下次就不会再做了。

83、春节，跟我回家，她擀饺子皮比赛拿了个冠军。

84、她写了五本书了，稿费也越来越高，她把钱分成三份，一份给她妈妈，一份给我妈妈，一份自己留着，说我不要她了她还可以包养个小白脸。

85、她喜欢把花掐回来泡在瓶子里，显得自己很有品位，很小资。

86、她买了个老式的留声机样式的大喇叭回来，有一天我突然在留声机里听到我们以前的好多对话，她用手机录下来的这些声音片段，全都转换好格式存到了盘里。

87、离开学校五年了，她说你好久没夸我了，我是不是不再年轻了。我说，你就好像早晨七八点钟的太阳，你要是戴个红领巾混进小学生的队伍跟他们做游戏，我想我只能根据美貌才能把你辨认。

88、她还是像个孩子，得意的时候说话会配上生动的手势，还眉飞色舞，婚礼上就是这样。

89、她说要准备给我生个女儿了，她很害怕女儿长得像爸爸，将来不好找男朋友。

90、我爸爸去世了，她像当初她爸离开的时候一样伤心欲绝。

91、她每周末都会带两位妈妈去玩儿，还学会了打麻将，不写稿子的时候就组织二老打麻将，每次都跟我说三缺一，活活把我逼成了麻将大师。

92、她剪了短发，把剪掉的头发收藏起来，跟我说："老公，如果你看腻了，记得告诉我，还可以接回来。"

93、有一天，她跟我说："我觉得嫁给你以后，我也成了一个无限荣光的女人。"

94、她三十岁生日，我给她做了一个蛋糕，跟当初她做给我的一样。她说，吃了这个蛋糕，我们又一起年轻了十岁。

95、我们看电影，我说口渴了，她把那个刻满岁月痕迹和她指纹的保温杯递给我，说老男人，注意身体，将来女儿还得等你养。

96、她躺在我的腿上问我："你说人有来生吗？如果有你要努力记得，我也会努力记得。"

97、就在上周，她说："你知道吗，上学的时候，你在我7点钟方向，我经常拿一面镜子偷瞄你，所有深爱都是秘密，没有人知道我爱。"

98、我一辈子的快乐和眼泪，都和她有关。

99、她说她担心自己会老，说这话的时候她眼睛里布满了忧伤。我告诉她，老了你也是最漂亮的老太太，她笑了，一如回到二十岁。

100、她洗完澡出来半天了，在给我揉肩膀。我手已经写酸了，问她写一百条可以吧？她说："嗯，每条给一分。"

我看着这几页泛黄的纸，心想人世间的美好，也不过如此。

爱情未遂

小燕子，穿花衣，年年春天来这里。

2001年春天，我和大川、高小文、左青、许然，还有燕子一起组了个乐队，叫"乌托邦"，经常在各个学校自己组织演出。阳光明媚的时候，我们一起出去排练，阳光搅拌着大家的笑容，穿得花枝招展的燕子坐在高高的台阶上，听大川弹唱那首《小燕子》：小燕子，穿花衣，年年春天来这里……

偶尔看见马路上一男一女搂着走，大川放下吉他，一脸贱笑地走过去问人家胳膊酸不酸，看见天桥底下妇女抱着孩子卖光盘，就冲人家行军礼致敬。我们在旁边大声地笑，大川转过头问我们："牛不？"阳光闪耀在大川洁白的牙齿上。

每次乐队演出结束，大伙儿都会围在后台吹牛，大川一本正经地说："我大姨夫会织毛衣，比燕子织得都快，狠了去了！"那些日子的笑声回荡在我们路过的街道、楼群，最后被宁静所分散。

燕子是北京人，长得漂亮，身材也好，可口可乐瓶子也得躲着走。但凡燕子周围性别男、性取向不男的朋友，几乎都追求过她，却纷纷以失败告终。我问燕子为什么，燕子说燕子不吃窝边草。我说别扯淡那是兔子，你告诉我到底为什么，燕子说没一个长得像金城武。我急了说你能说实话吗？燕子说每个人的眼神里都只有欲望，没有爱。我说谁让你长这么漂亮。

燕子的所作所为，总让人刮目相看。她为了学西红柿炒鸡蛋楞是休学跑去厨师学校学了半年，最牛的是，半年后她只学会了西红柿炒鸡蛋。

己所欲未成功，则寄希望于朋友。当所有人被燕子拒绝了一个遍之后，只剩下我和大川两个人了，大伙儿开始寄希望于我们身上，一直怂恿我们试试。

我对燕子说："那我呢？"燕子说："滚。"

而轮到大川时，他说："我不试。"

燕子不仅执着于西红柿炒鸡蛋，她做任何事儿都非常专心。刚毕业那年，她非要去西藏旅游，但是又没钱，于是回家跟她爹编了一个只要不是傻瓜就不会信的谎话："爸，给我拿点钱，我要去外地闯出一番事业。"她爹肯定地说："不行！"

燕子怀着无比失落的心情来到大伯家，当时她大伯叔叔姑姑一家人正在打麻将。燕子说："大家伙都在啊，内什么，大伯你给我拿俩钱儿，我要去外地闯出一番事业。"据燕子回忆，她大伯当时态度蔑视地说："燕儿啊，你学半年炒菜就会个西红柿炒鸡蛋，还能干点儿什么？"姑姑也在旁边说："行了燕儿，我们这儿正玩儿着呢，你别捣乱。"燕子把一家人刚摆好的麻将牌弄乱，大义凛然地说："别玩儿了，我这次是来真的！"

她大伯顿时把钱撤过来了，并且说了一句："拿着钱去吧。"燕子很听话地拿着钱去了西藏。第二天，大川就跟去了。

但是没几天，大川回来了。他说："高小文跟我说燕子去了内蒙，我也没问别人就去了，不过也好，我终于去了内蒙，大草原上骑马走了挺远，特别飒，不过到最后也只会看见草原的那边还是草原。"他又说，"回来那天，有一只小羊就跟在我的身后跑，一直到我上车，它还在眼巴巴地看着我。车离开村子时，那只小羊跑到一块大石头上望着我，我开始相信它和我一样，在看不见对方的时候突然间流泪。回来的路上，我想过要不要转回去把它买回来养在家里，我甚至想去草原上生活，只放一只羊。"

我说，矫情！

我知道大川一直喜欢燕子，虽然他始终也没说出口。

后来燕子找了个法国男朋友，大家都埋怨大川不早下手，这下肥水流了外人田。大川说，一边儿玩儿去。

浪漫的法国友人有了新欢，事发那天燕子喝多了，半夜我们一群人送她到她家楼下，她说什么也不肯给我们钥匙，说那是电子门拿手就能捅开。大川这傻瓜很听话地捅了半个小时，要不是几个保安出现，他没准儿会捅到天亮。保安问大川："你为什么捅门？"大川还在捅，也不理他。我说："我们是居委会的，送醉酒居民回家，你信不信？"保安一脸质疑地说："我不信。"燕子这时候从旁边的水泥台上站起来说："我也不信！"

大川扭头对保安说："你帮我们拽门吧，哥们儿都没劲儿了。"

第二天，大川找到燕子的法国男朋友，把他打得满地找牙，被关了几天后才放出来，这件事儿大川不让任何人跟燕子说。

2005 年，许然告别大伙儿去香港了，左青嫁到了上海，高小文去了奥地利，燕子去了广州，大川下落不明。那一年我天天憋在家里写小说，相互间都是几句简短信息，几乎和大伙儿相忘于江湖了。

2006 年春天，燕子结婚了，嫁到了青岛。2007 年春天，燕子又离婚了。

我接到燕子的电话，电话里路人甲给我说："你两个朋友酒后驾驶翻车了。"

我到现场的时候，大川和燕子早就从车里爬出来了，至于怎么把车开倒立了，俩人谁也想不起来。两个人还坐在路边聊得热火朝天。我挨着他俩坐下。我说大川你什么时候回来的，怎么也不打个招呼。大川说刚回来。

燕子在旁边不说话，抽完最后一根烟说："你俩怕死吗？"

我说："我不怕死，但我贪生。"

大川把烟头一掐说："要干吗？陪你。"

燕子说："走，大美妞开这车带你俩回去，我会尽量让你们活下去的。"然后就拉我和大川上了那辆连挡风玻璃都被撞碎的车里。

至今我的心情仍很惨痛，我无法回忆起那个下午，燕子是怎样以八十迈的速度开着敞篷车带我们回的市里。只知道很多年后我有个绰号，叫迎风流泪。

之后燕子就一直留在北京，做起了服装生意。大川弄了个工作室，教人弹吉他。

2007 年春天，燕子买回一个草娃娃，浇水之后头上就会长草的那种，结果一个月后也没有长出一根草，我们认定它是个秃头娃娃。大川为它写了首歌，就叫《秃头娃娃》，燕子二半夜约了一帮朋友出来，兴奋地唱给大伙儿听。有一天午后，我们一起去燕子家玩儿，却发现草娃娃的屁股上长出了好多草，这件事一直让我乐到夏天。

第二年的春天，燕子在陶然亭租了一门面卖衣服。

大川也把工作室转移到了陶然亭，经常撺掇人去燕子店里买衣服。

总之那些年，大家分得七零八落，只有大川和燕子如影随形。

在那年春天快结束的时候，燕子的店里出了事儿，几个流氓在燕子店里调戏她。大川离得很近，第一时间就跑了过去，把调戏燕子的那些小混混打得满地找牙。

我去医院看大川的时候，跟大川说："大川，凭你的性格当时一摸脑袋出血了，肯定从衣服上撕下一条布，立马绑脑袋上，跟那帮混混死磕呀！"

"想撕来着，一看是燕子送我的，没舍得下手。"

"大川，走，喝酒去！对伤口有好处！"燕子说。

大川就这样满脑袋绷带从一个酒局奔赴到另一个酒局，大伙儿将悲伤说得很轻快，可心里却一直难过。喝高了就大声唱歌，比在舞台上更狂热。燕子和大川终于出双入对，冬天我们并肩走在路上，大川总是攥着燕子的手插进自己的大衣兜里，燕子说："这天气真冷，没有你得多寒心。"我们大冬天跑到长城，燕子脚崴了，大川背着燕子小心翼翼地往下走，燕子双手交叉伸进大川的怀里。大川说："其实在哪儿都一样，过什么样的生活也都一样，我们都得等春天。"

然后每年的春天，我们都来到这个地方，燕子坐在台阶上，听大川弹唱：小燕子，穿花衣，年年春天来这里……

这个被我用回忆编织出来的故事，该结束了。

大川根本没有缠着绷带到处喝酒，2008 年的春天，在燕子的服装店里，大川为了保护燕子跟人死磕到底，被捅死了。

大川根本没有办法在自己的墓碑前面唱歌。

2008 年那个春天，燕子的服装店门口，大川满身鲜血躺在燕子怀里问："我好不好？"

燕子说："好。"

大川高兴地看着燕子，得意地笑，阳光闪耀在大川洁白的牙齿上。

每年春天，我都会陪燕子一起来这里看大川，在墓碑前洒下一杯酒。

燕子说："这里的春天最美丽。"

大川日记

题记：大川的日记本留给了燕子，燕子后来把日记本拿给我，希望我能把其中的某些章节发表出来，以下是整理之后的一些内容。

我是大川，我的前半生已经渐行渐远。何时起，何时终，起因为何，均无从知晓，只是一切起了变化，让人无所适从又难以言表。我的生活和生活中的我一直纠缠着，我以为是我在过生活，其实是生活在过着我，生活以它独有的方式粗暴地驾驭了我，把我扔进每一个日日夜夜。生活中，总是有人来了，又有人走了，每个人对我来说都像是谜一样，他们为何来，又为何离去。我们出生的时候没有记忆，所以不知道开始，也无从知道结局。

我小时候做过很多农活，高中暑假为了赚钱买吉他，还跟人卖过骗人的教育软件，后来还在大学读过书，也流浪过，流氓和盲流我都熟，但以上阅历并没有给我带来太多乐趣，我早就认定了这个世界大同小异。

　　我出生在一个小地方，并在那里长到十几岁，然而家乡没有在我内心种植下关于田园的梦想，因为它的粗糙和简陋。我甚至怀疑自己偶尔怀念童年的无忧，也只是一个成年人滥用诗化记忆所获得的儿时画面残存片断的歪曲感受，以便躲在孩子这一强大的保护面具之下，伪装成孩子的目光，一脉温情地回看往事。那都是假象。

　　我爸是半个知识分子，赶上特殊时期，后来成了一名光荣的解放军战士，退伍后娶了我妈，后来便有了我。妈妈是农妇，我们家没有山泉，但是有田。简单总结我的家境：农夫妇，田，没山泉。正因为爸爸高中毕业那年停止高考让他非常遗憾，所以他把理想转嫁到了我的身上，希望我能学而优则仕途无限光明。妈妈正相反，她热衷于幻想，很有诗人般的情怀。

　　十八岁是我一生的分水岭，十八岁之前，我就像植物生活在雨水充沛感情滋润的地方，始终有温情的迷雾给我遮挡住天空，对这个世界我看得一点都不真切。十八岁之后，我被一阵风裹挟到了山的另一边，迷雾消失，万物澄清，世界露出了它残酷的本相，烈日当头，我慢慢枯槁。

　　十八岁那年发生了很多事，也让我明白了很多事，我知道了人是有欲望的，还有人其实是会死的。那年，跟了我外公多年的狗突然含笑九泉了，不久外公也瞑目了，我从北京赶回家时他已经火化。我跪在棺材前面哭得死去活来。

　　我家的老宅前有两棵槐树，夏天可以开出白色的花，很香，很甜。两棵树间是一条崎岖不平的小路，我每天上学都要走那条路。

既然是一副和自己的一生算总账的样子，就尽可能地详细些。我跟许多红旗下成长的孩子一样，小时候思想单一并且正统，有着对英雄五体投地般地崇拜，打小就对那些英雄故事了熟于心，人在心性尚未定型的时候很容易激动，我无比陶醉于他们为人类而奉献而奋斗而牺牲的伟大感情之中，我立志要为了一份崇高的理想而奋斗终身，决不像父母一样碌碌无为。

而事实上，那时我连"理想"这个词语的具体含义都没弄明白，我对一切精神层面的东西都感觉到茫然，但依靠小孩儿敏锐的直觉，从爸妈谈到这些时的表情完全可以判断，理想人人不能缺少，理想是个好东西。我矫情地把这一阶段命名为纯真年代，具体几岁到几岁无法辨识，不过随着这个世界的真相开始在我瞳孔里渐次露出端倪时，所谓的纯真年代恐怕也就无影无踪了。

关于纯真年代这一阶段，记忆比较清晰的有两件事儿。

其一发生在小学时代。早上一大帮小孩背着书包上学，途中一个比我约大四岁的初中孩子讲他昨儿晚上做的春梦，他很害怕对方怀上孩子。

大家问他为什么会怀上孩子，他笑我们无知，大伙儿开始兴奋起来。渐渐出现了争执，大家很快分成两派：一派同意春梦的看法——这些没主见的人，只知道附和强者；另一派则固执己见，这一派虽然根本没有关于人的来源的独立看法，但坚决不同意前一派的认识，这一派只有我一个人。我倔强地说我是一道闪电带来的，我想这是秉承了妈妈的诗人潜质才说出来的话。结果我受到了所有人的孤立。

争执最后演变得面目全非，开始还像带了点儿学术讨论的意味，后来纯粹是小孩子意气用事时竭尽所能地互相攻击谩骂了，最后我挨了一顿胖揍。挨揍时我咬牙切齿地发誓，总有一天我要证实你们是错的。那时我坚信真理是站在我这边的，弱者这边。

另一件事发生在我上初二的时候。

情窦初开，我爱上了一个漂亮的小姑娘，比我大一岁。我一直不敢直视她，每看一眼都有朝圣的感觉，事实上我内心流淌出来的最不轨的想法，仅仅是想牵牵她的手。青春期生理心理发育而萌生的关于男女的念头，那感觉在当时无比美好，我会因为她一个微笑或眼神而怦然心动惴惴不安。在忍受了多个无眠之夜后痛定思痛，我把一封稚嫩的情书趁她不备放到她课桌抽屉里，然后假装若无其事地监视她看后的反应。

我还记得那封情书的轮廓，像赞美诗一样。我告诉她我喜欢她，继而把这份爱慕捆绑在一份更为华丽和宏大的感情上。我说美好的一切定会实现，人生将更加美好，我说我看不起那些虚度年华碌碌无为的人，而你跟那些人是不一样的，期望你能乐意与我一起奔赴无限光明的未来。几天后我就收到回信，比起我洋洋洒洒的一腔套词，她也不遑多让。区别在于我当时正在看《巴黎圣母院》，而她应该是正在看《红楼梦》，回信中的笔法语气像极了自怜自怨的黛玉，尽扯些"红颜薄命""红颜祸水"的道理。

每个人都有一段可歌可泣的个人隐私史，特别是恋爱史，珍藏在内心，不足与外人道也。但我不，我从高中起开始诽谤自己的过去，如同我在初中时唾弃自己的小学。高中是我人生的第二阶段，那是我人生的逃离时期，逃离自己本来的位置，对自己过去历史中的形象嗤之以鼻并肆意践踏。

初中生物教科书对两性间那点小秘密描写得语焉不详，老师也是敷衍了事地让我们自己看。老师太天真了，事实就这么简单，关键是人要具备一点点勇气。高中时我已经性情大变了，每天早上闹钟都像一把斧子一样砍破我的睡眠，我憎恨这按部就班的生活到了无以复加的地步，我唯一的希望延续了下来，那就是逃离。

大学时代，我把生活变成一系列疯狂的念头，逐一地去实现它。我烟抽得很勤，十个我就能养活一个小规模烟摊儿。我有了一群志同道合的好朋友，我还实现了做乐队的梦想。

然后我碰到了燕子，爱上了燕子，但她不知道我爱她。我知道我爱她和她知道我爱她和她也爱我，这一共是三件事儿。我想努力让她知道，爱上燕子就跟我小时候爱上那个小姑娘一样，事实上我内心流淌出来的想法，仅仅是想和她手牵手走在校园的操场边上，她冷的时候抱抱她，累的时候和她肩并肩坐着。燕子似乎是把我的青春期又带了回来，无比美好的青春期，我同样因为她的微笑而怦然心动，她的美丽就像一首诗。我想弹着吉他为燕子唱歌，一直一直地唱下去，看到她的笑容，感觉什么都无所谓了。

有位作家说，爱情让人永生。

永生是万寿无疆的意思，而万物事实上都会随着时间幻灭，没有亘古永存。一切都只出现一次，即使出现第二次，第一次的记忆也一定被完全抹去了，那跟第一次又有什么区别呢？我相信每一粒尘埃都有思想，都有生命，都有记忆，都有轮回，包括宇宙在内存在着的一切，每分每秒都面临着下一刻立即消失的危险，消失再回来，就是新的一切。

长城脚下，和燕子小心翼翼地走每一步，空气紧张得像要下一场暴雨，我不敢去看燕子的眼睛，我装模作样地欣赏那些斑驳的城墙和城墙下惊慌失措的野草，连无关紧要的话也没说几句。然而那一刻我的灵魂被束缚在肉体里颤栗，冲撞着要找一个突破口，渴望交流，渴望安慰，渴望倾听或者诉说，我木讷地站在燕子身后的下一阶台阶上，我应该猝不及防地抱住燕子，我应该说些肉麻的句子，我该说燕子我爱你，只爱你。

我预想到燕子会很害怕，会张大惊恐的瞳仁，会因害羞而拼命抗拒，会觉得这是一场深刻而严重的错误，会以为我们那样做是在犯罪，会跟我说："你有病！"而且她将永远也不会原谅我。所以我什么都没做，一向巧舌如簧的我，竟然找不到任何一种温婉有效的方式来告诉她我需要她的爱，我的失落和惊慌失措的野草一样，铺满长城。

那之后，你我各奔前程，杳无音信。

我不明白自己为什么想那么多，我确定是我想太多了，因为那个法国人只是强吻了燕子，他便成了她的男朋友，而对我来说，机会已经过去了，我的爱情遗落在了长城脚下。

燕子，或许我不该像个怨妇一样唉声叹气，自艾自怜，或许那天我真该像《美国往事》里的面条对待黛博拉一样，强行占有你，就在长城脚下。然后警察抓我走的时候你哭了，你说你爱我。

一晃几年烟消云散，我还是一事无成。陆远去了法院工作，跟我一样单着。左青结婚了，嫁给了一个说话无聊做事无聊长得也无聊的公务员，一起吃了个饭就再也不想见到这个人了。夭夭也结婚了，移民去了加拿大，她的孩子快出世了。她俩是我熟识的人中对婚姻最挑剔的，然而也结婚了，真不知道她们的男人都用了怎样不值一提的伎俩俘获了她们的芳心。然后某和某也俨然老夫老妻了，接着是身边的某某和某某。我孑然一身，在迷雾中张望着道路的端倪，看不见道路，而且还茫然于这样的问题：是我无力看到道路呢，还是别人看不见包围我的雾？

然后燕子也结婚了，嫁到了青岛。燕子嫁给了别人，我觉得我的爱情没了。在所见的某些可怕的如同糊涂月老玩的拼凑游戏当中，其中必有一方已经失去自我，难以自控。原谅我这么刻薄的说话方式，我面对自己必须诚实。一想到我可能用很多恶毒的例子来佐证爱情，就会觉得自己像在渎圣。爱情的本质是什么，会有一堆人不假思索站出来说，占有、付出、虚荣、真诚……最后有个老实而庸俗的人说：爱情的最大乐趣在于为祖国培养公民的过程。这让我想起袁语说过的一句话：她已经是别人的人了。这句话很残忍，很令人伤感和痛心，因它我郁郁寡欢了好久。我默默浇灌的感情，我日以继夜的思念，我无数次含情脉脉关注着她的眼神，敌不过流年，敌不过渐变。而且我无从恨，无从气愤。

爱情是一朵那么不堪一击的花朵。但如果还想是花朵，就必须看清楚世俗的暴风雨并且敢于蔑视它，敢于绽放在高寒的雪峰之上，要么惊心动魄，要么粉身碎骨，决不苟且在肮脏的泥尘里摸爬打滚。让我这样去爱一次吧，就在这人世间，让我和她决绝地爱一次，假若某一天，真的发生了昨日重现这档子神奇的事，让我顺利地念出那肉麻的句子，让她大胆地回答那千百次被人滥用的台词说：我也是。然后，我深深地吻下去。

一切都将不再重要了，美丽的死亡迟早会来临，我将在奔赴死亡的过程中依靠想象将我的年龄永远停留在十岁、十一岁。我出生的小村庄一直还在，只是按照袁语的说法，新到这个世上又必然生在那里的人一茬又一茬。

前段时间我还回去了，老宅门口的两颗槐树还在，我家平房还在。我莫名其妙地想在那里住下来，放弃我的年龄，放弃那些已死的人。

我真的就住了下来，因为我知道最美丽的东西永远在我们离开以后。

后记：

大川日记里说：那之后，你我各奔前程，杳无音信。

我不知道他为什么写这句话，实际上大川这些年一直在跟随着

　　燕子的脚步，从北京到青岛，从青岛到深圳，从深圳再回到北京。
我不知道大川和燕子那几年有没有任何交集，我只知道，只要是燕
子需要的地方，大川都在。

　　2008年，29岁的大川死于爱情。

不要让一个姑娘轻易爱上你

让一个人获得的最大虚幻就是给他恣意妄为的舞台，让他无忧无虑地在绚丽的花丛中手舞足蹈。但等表演结束了，舞台就不再有了。很多人一定还记得那些年的欢声笑语，我却怎么也听不见记不起了，我问他们去了哪里？也始终没有答案，如镜中花，似水中月。看上去很美的，还有一切回忆的开始。

那年9月，开学的季节，我和高中的哥们儿白扬一起怀揣着谈一场轰轰烈烈的恋爱的梦想来到大学。

接新生的大多都是男生，师兄们热情洋溢，欢呼雀跃：又一批师妹要进来了。最早被接进去的大都是女生，因此门口堆积了很多男生，也包括我。有几个憨厚的男生充满期待地目送着被接进去的女生们，感慨地说："这就是大学啊！大家这么尊重女同学。"

我和白扬站在门口等了半个点儿。我心想，这帮老实孩子。我把自己的行李扔给白扬，往人群外走了走。五分钟后瞄上一个身材修长、脸长得跟宋慧乔一样的漂亮女生从接新生的大巴上下来，我径直就走了上去，自然大方地微笑了几秒，跟春晚开场的主持人似的，接着很热情地帮她把行李一拎，小女生很听话地跟在我后边。

白扬目瞪口呆，他肯定感叹怪不得现在拐卖未成年少女这么简单，这可都成年了。

女同学的行李多，自然男生要帮着拎进宿舍，我跟着浩浩荡荡的男生队伍扛着她的行李往前走。她用羞涩地声音问我："学长，咱这是去哪儿啊？"

我镇定了一下情绪，从容地询问情况："学妹你叫什么，哪个系的？我待会帮你去舍管那儿登记。"

"我叫樊昕，外语系的。"

跟我一个系，一切都是天意。

我说："樊昕，好名字，你跟我走吧。"

事实上问了也是白问，我也不知道她宿舍在哪儿。

我带着她跟着大部队一直往里走，前边的队伍越来越少，我又不敢去问别人，一问就露馅了。心想管他呢，转了大半个校园之后，我跟着几个男生就进了一栋女生宿舍楼。前面几个男生都进了二楼走廊，我带着樊昕继续往三楼走。

走进了传说中的大学女舍，也忘了后边还跟着个人了，正大摇大摆欣赏里面的奥秘，突然一个裹着浴巾的女生从盥洗室出来，睁大了双眼盯着我。

那是我第一次面对这么火辣的场面，自然很羞涩，但是依然眼睛一眨不眨地盯着那学姐。终于强势战胜了好奇，女生直接进宿舍，小声地和同宿舍的人说："怎么还让男生进啊！"

我有点憋不住了，明显感觉樊昕狐疑的目光已经快穿透我的后背了。

我扭头跟樊昕说："瞧我这方向感，我就说别安排我接新生，辅导员非不干。"

她腼腆地看着我，毕恭毕敬的。

我说咱可能走错了，下去吧。

樊昕跟着我逛了大半个校园，我正琢磨着把行李一扔要跑的时候，看到前边白扬冲我招手，拖着一大堆行李，我的和他的。我走到白扬跟前，樊昕还在我后边跟着。

看白扬那嘴型，应该是要破口大骂了，我赶紧冲他挤眉弄眼，还好他没辜负我多年请他上网换来的友谊。白扬嘴型一变说："班长您这是去哪儿了？同学们都等您开会呢！"

我扭头一脸无奈地对樊昕说："同学，真没办法，要不你在这儿等会儿，我找个别的人来送你去宿舍，你看我这刚想起来外语系宿舍在哪儿。"

"没关系学长，那您去忙吧，我自己问。"

要不说大一新生都特懂事呢，白扬大包小包全身负重，一脸稚嫩，摆明了跟樊昕一样是个大一新生，她还愣是能信了白扬的话。

我把行李放地上，假装很不好意思并且一脸遗憾地朝一栋教学楼走过去。10秒钟后再回首，她已被男生领走。由此可见，我说樊昕是个美女绝对是真话。

白扬把我远亲近邻地问候一遍，指责我大学校门还没进就卖友求荣。我说我这不是学雷锋做好事吗，白扬说有你这么做好事的吗？我看人小姑娘都快哭了。

"别扯淡，我才快哭了，累死我了，一个人提那么多行李。"

"哎，那我呢？"白扬一脸的愤怒。

我看白扬还手提肩扛的，弄得跟汉堡似的，真有点过意不去，于是把我的单肩挎包也套到了他脖子上。白扬一脸交友不慎的表情，反正我早就习惯了，装没看见。

我们重新走回校门口，等了一个多小时，等到门口一个女生都没有了，终于有人把我们领走了。白扬中文系，我外语系，我们分头被牵走安排好宿舍，开始我们的大学生涯。

俗话说有缘人路窄，大学第一天自我介绍，樊昕就坐在第三排的边上。那天晚自习我才知道，外语系女生的新生宿舍就在进校门左转第一栋，在我们宿舍楼的后边——两栋楼对立着，就像接下来的一年我跟樊昕的关系一样。

晚自习结束时，我跑到樊昕跟前想叙叙旧，她理都没理我，起身扬长而去。

军训的时候，班上的同学开始眉来眼去了。其实我特别想参与进来，可是在樊昕的眼皮子底下，我变得很正人君子，所以说荷尔蒙也是引导人向上的。樊昕倒是很给面子，她根本不在乎这些，看都没看过我一眼。我一天看她千万遍，从来没对视过。

军训第二天，白扬给我打电话让我去趟医务室。事故是这样的，中文系一个叫谭芳的女生站军姿站晕了，白扬二话不说背起来就走，背到医务室还陪了一下午。姑娘打点滴他还抢着付钱——关键是他没钱，所以想起了我。

白扬拉我到医务室外边跟我说："袁语你知道我是多么纯洁的人，我为她付出了这么多，她要不做我女朋友天理何在？"我说："合着你憋着让人家以身相许呢！我还说呢，你一个坏分子什么时候变红领巾了。"

我语重心长地告诉他想太多了，白扬把钱揣兜里，跟我说："去去去去，滚一边儿去。"这就是多年的友谊万万岁。

队列训练的时候，教官说："我们得先选两个领队的标兵。"

"袁语，樊昕，出列！"

教官一喊完，我站队列里差点憋死，但还是忍住没笑出声来。樊昕一脸恨天不公的复杂表情。不过她终于看了我一眼，见我憋得脸跟猪肝似的，恨不得现场给我煮了。

队列一解散，樊昕找教官要求换人。

教官说："挺好的嘛，你们这个班儿，女娃里头就你正步踢得好哟！你个头儿又高，你们两个搭配做标兵挺好的撒！"

我从樊昕身后冒出来，很严肃地说："就是嘛，说啥子哟，服从命令是军人的天职，我们现在是在军训，不是过家家，是不是嘛，教官？"我学着教官的四川口音搭茬。

"对嘛，对嘛，这位同学说得很对撒。"

要不是身上没带，我恨不得当场就贿赂两条烟给教官。

我语气温和地说："樊昕同学，你不要怕，我知道你怕走不好给班级抹黑，你放心我一定会带好你的。"

樊昕剜了我一眼，嘟囔了一声："就是因为有你才走不好。"说完，她扭头走了。

从那以后，我们每天一上训练场就出双入对，每天训练都俩人走一排，一喊向右看齐，她就得盯着我看，一天起码几百次。

我这个典型天蝎座可爽坏了，心想：哈哈，让你不看我。

樊昕还是不怎么理我，而且老是故意跟我反着踢正步，我抬右腿她非抬左腿。我知道她还恨着我呢，煞费苦心非得跟我分开。但她不知道的是，我早把两条烟送给教官了。

看得出来樊昕是个集体荣誉感很强的同学，最后几天想努力调整，可惜的是没调整过来。阅兵式的时候走过主席台，我们俩步子错得非常协调，没有一步是重合的。

我俩都出名了，军训结束的头几天，很多人议论的都是外语系两个标兵的故事。

那段时间白扬天天跑过来跟我汇报他和他的小芳的故事，嘴里还老哼哼："班里有个姑娘叫小芳，长得好看又善良。"

白扬特别垂涎谭芳的美貌，借了我的《孙子兵法》，然后死乞白赖地把能用上的精髓几乎全用上了。事实证明会献殷勤完全能够弥补长得丑这个"缺点"，终于有一天他们两个人在一起了。

我一看《孙子兵法》真灵，赶紧把书从白扬那里要回来，没日没夜地研究，累得真跟孙子似的，也没明白兵法的哪一计可以用来追女生。

开学第三个月，我买了把蓝色的吉他，找了个地儿学吉他，手指头起了几层泡。学成之后找樊昕宿舍的同学给她传了个字条：这首《灰姑娘》是为你学的，晚上我去你宿舍前面弹给你听。

那天从傍晚到熄灯，我在两栋宿舍楼中间的草坪上弹了几个小时的吉他。来来往往免费听唱歌的人群中，我始终没见到她。樊昕住的三楼宿舍的窗户是开着的，除了她每个人都到窗边听了一段。

我想，是不是我太老实了。漂亮女生都喜欢坏男生，从高中就是个定理了，好好学习的都没谈过恋爱，谈恋爱的一般都是坏孩子。我的生活就此爆发出另外一种形态，一种强烈的不想做好人的感觉在我心里涌动，这种不知道如何萌发出来的念头，让我迅速转型成一个特立独行的痞子学生，每天做些抽烟、喝酒、聚众闹事、打架斗殴、嘲弄老师、调戏女同学之类的事。

大一的下半年，除了没怎么上课之外，什么都干。不过每天在外边跟一帮人打完台球，我都会去自习室的窗户外边站一会，看看樊昕有没有被人领走。还好，她岿然不动。

整个大一，我表演了一年的坏人。

期末考完试，马上放假了。晚自习结束后，我回到宿舍推开窗户，望着对面樊昕的宿舍大声喊："樊昕！樊昕！"

樊昕没回应我，五楼探出一个脑袋，声如洪钟："嚷嚷什么，你们这些男生真是臭不要脸！"

还没等我回应呢，隔壁宿舍张新科冲向阳台，大声回击："你姥姥的，你们这些女生成天装什么装！"

对面瞬间推开无数扇窗户："你们男生还好意思说我们……没一个好人。"

男生宿舍楼也推开无数扇窗户……

除了女朋友在对面和男朋友在这边的，两栋楼里几乎全部同学参加了这次战役。

你见过两排楼的人对着骂吗？比交响乐震撼得多。

这场宿舍楼大战，让我和樊昕再次誉满全校。

大二。

开学后的周末，我撺掇班里十几个女生一起去 KTV 唱歌。当然除了樊昕其他人都是陪衬，我喜欢樊昕这件事，连学校新来的门卫都知道。

中途两个有点儿喝多的年轻人走错房间进了我们屋，看房间里大都是女孩子，开始撒酒疯。我借着酒劲儿，跟人大打出手。女生们都吓得蜷缩在墙角，我嘴巴瞬间被打得出血，躺在地上。我勉强睁着青肿的眼睛，看到樊昕拿着一个扎壶，"砰"地砸到那个还在对着我踢的男人头上，扎壶里还有半壶橙汁。

橙汁和血一起滴到我脸上，滴到嘴里。腥甜。

另外那人扭头一巴掌把樊昕打了个趔趄。

我发誓那是我这辈子最狠的一次打架，我噌地一下蹿起来拿起一支话筒没命地朝那个人身上砸，直到警察进来。那次，一屋子人全吓傻了。

我被关了 14 天。放出来的时候，樊昕和白扬在门口等我。

樊昕挽起我的胳膊，指了指白扬肩上背的吉他说："袁语，我们回学校，你再到宿舍楼前给我弹一首《灰姑娘》。"

"我发誓，我这一辈子不会再给第二个人弹这首歌。"男人真的是爱发誓，不过我当时真的是哭了。

樊昕接下来的那句话，至今还触动我。她说："既然让我爱上你，就要让我爱到底。"

大三。

我们开始吵架，像很多热恋退却的恋人一样，因为一些并不重要的事情。

那时候我开始跟内蒙的一个叫张力的哥们儿做生意。他不是学生，我打台球时认识的，我们两个一起倒腾二手手机，那时候手机刚刚兴起，张力在南方有货源，我们俩赚了不少钱。

我基本上不去学校，经常跟张力坐火车去南方拿货，跟那边一些工厂的经理吃喝玩乐，回到学校也是常跟社会上的人喝酒，晚上去 KTV 唱歌，偶尔还会找些女孩子陪酒。

无一例外的是，每天晚上都会收到樊昕的短信，告诉我少喝酒，有空到学校陪她一下。

我们待在一起没多久就吵架。

开始时她会问我，你现在做这些的意义是什么呢？我说赚钱。她问我赚钱干吗？我说娶你呀。她说你不用赚钱我也会嫁给你，你该好好上课，而且你真的需要钱我给你。

　　还一直都没跟大家讲，樊昕家庭条件非常好，父亲是某个油田单位的大拿。她说者无心，但这样的话对于很多男人来说，是吵架最直接的导火索。

　　偶尔在一起时，她会小心翼翼地跟我说："你都很少弹吉他了，很想听你弹吉他。"大多这时候，我不是喝醉了，就是睡着了。

　　争吵有时候本不想说一些伤人或者负气的话，但她越是小心翼翼，好像在刻意维护我的自尊一样，我就越是生气。

　　当我们缺乏好的表达方式时，裂痕，只会越来越大。

　　几个月后，我退学了。我和张力去了南方，这是我自己决定的，并没有一个突发的原因，只是想逃离。走之前，我们彼此相对沉默了很久。樊昕送我去车站的时候，一直咬着嘴唇，走走停停，好像等待我说些什么。

　　我嘴巴闭得紧紧的，一句话也没有说。

　　之后樊昕来深圳找了我两次，我都没有见她。

　　那期间，我换了好几个女朋友，或者说只是情人。

　　毕业散伙饭那天，接到班上同学打来的电话，我没有回去参加。

　　第二天，白扬给我打电话，他描述了散伙饭的情景。

　　樊昕喝多了，跑出饭店在马路上骂了我一晚上，重复最多的话是："袁语你这个王八蛋，你曾经答应过我，让我爱上你，就让我爱到底。"那是她第一次对我骂脏话，而且我没在场。

　　我问白扬怎么会知道得这么清楚，白扬说你又不在，我再不替你过去道个别，你觉得合适吗？白扬很激动，而且他那次说话的语气，是这么多年来唯一的一次。

挂电话之前，白扬跟我说你抽时间回来一趟吧，樊昕有东西要给你。我说没空，寄过来吧。

几天后，我收到一个邮寄过来的大箱子。

我拆开箱子，里边躺着那把蓝色的吉他，还有樊昕的几句话：

袁语，你去南方的时候吉他忘了拿，我一直替你保管着，希望你有一天能回来取，不过我还是没有等到。既然如此，各自安好。希望你不要让下一个姑娘轻易再爱上你，如果她爱上了你，你尽量让她爱到底。

你还要怎样更好的世界？

马驰是我的哥们儿之一，蒙古包里喝奶酒长大的，生命力很强，像棵野草。

莫妮卡不叫莫妮卡，但她让大家叫她莫妮卡。莫妮卡上大一的时候，马驰是接新生的学长，按照惯例学长接完学妹都会跟她们聊聊大学里的注意事项，怎么避免被坏人欺负。就在那次饭局上，莫妮卡义无反顾地爱上了马驰这棵野草，她说原因是觉得马驰很耿直，他在饭局上当大伙儿的面说一个女生发型太难看。事实上马驰是喝多了。但女人是奇怪的动物，不一定因为一个什么样的理由就喜欢上一个什么样的人。

马驰毕业那年的末尾，大家忙活着扎堆儿狂欢以便冲淡即将分别的忧伤。莫妮卡伤感地望着球场上的马驰跟我们说："我有一棵草，宁可枯萎，都不能把他弄丢。"那几天马驰来了一帮外地的朋友，我们抱着"客人不喝醉，主人很惭愧"的情怀将来者全部撂倒，望着客厅，莫妮卡豪迈地说"不以喝醉为目的的饭局都是耍流氓"，

他和她擦肩而过，他的眼神里有干柴，她的眼神里有烈火。一场轰轰烈烈的游戏后，干柴和烈火都变成了灰烬。他们和他们来把灰烬收走了，说是要撒向大海。

阳光落在唇间的枝头，日子渐暖了。
为这分雨，才显得好雨。
眼睛为你下着雨，心却为你撑着伞。

然后就毅然决然地趴下了。

马驰那帮朋友撤后的第二天，我们又坚持喝到凌晨五点，我觉得奇饿无比，马驰说我带你去买豆腐脑。马驰除了学生身份，副业是玩赛车，骑着一个改得无法再改的公路赛摩托车，平时人还未到，耳边却已响起嗡嗡声，以马驰的话说，越要刹车的时候越给油，不轰进去几块钱油绝不停车，就怕别人不看他。

那天我坐上摩托便后悔了，因为当时我戴着眼镜都觉得眼睛被风吹得睁不开了，我便问马驰能否看见前面的道，马驰很淡定地说，看不见。我当时最后悔的事就是没立遗嘱。

买完豆腐脑，我完全沉浸在即将告别饥饿的喜悦中，可就在他将速度放得很慢的时候我们却摔倒了，马驰腾一下就站起来，先把摩托扶起来，回头看了一眼坐在地上的我，根本没问我有没有摔到哪儿，只说了一句："你怎么把豆腐脑扔地上了？"这句话把我问愣了，然后下一句话我崩溃了："你怎么把豆腐脑扔那么远？"

当天晚上我带着惊吓过度的心情以及那条瘸腿一边喝酒一边学马驰怪我扔豆腐脑的事儿，可这帮人没一个问我腿摔什么样，倒是我自己死不要脸见着一个就掀起裤子让人家看一眼，后来马驰说："别显摆了，就是瘀一块。"那感觉就好像，我没摔出个生活不能自理，很对不起大家伙儿。

马驰特别爱玩赛车，那时东子也有一辆，他们俩总是带着姑娘穿梭在马路上，就是没带过莫妮卡。一天吃过大排档后，莫妮卡非要坐马驰的车，马驰不让坐，莫妮卡说："你是不是事儿妈啊？"东子说:"那你还是坐我的吧",马驰赶忙接茬说:"别别,就你那技术算了吧。"莫妮卡也没理会马驰,跟东子说:"还是别了,你那姑娘还等你呢!我就要马驰带我,老带别人不带我,什么意思!"

那天晚上,马驰带莫妮卡在那条走了几千次的马路上游荡,突然对面来了一辆车,刹车来不及,马驰极力地拐到旁边,却撞到电线杆上,在摔的时候马驰回过来的手用力扶着莫妮卡的腰。那是一次真正的飞翔,马驰腿断了,手指也折了两根,都是因为保护莫妮卡。马驰出院那天对莫妮卡说:"我骑车的时候谁都敢带,就是不敢带你,你知道我害怕你出事。"莫妮卡说:"我不知道。"没过多久,马驰和东子同时把摩托卖了。

那次事情之后没多久,莫妮卡和马驰分手了,马驰痛苦万分。

马驰喝大了找我聊天,跟我读了半天诗,我只记得其中的一句是"你记得也好,最好你忘掉",事实是抛弃得多了,却越发不能忘记。然后马驰又开始跟我聊佛学,问我投胎转世以后还能不能找到上辈子的人。我说别扯了,回去睡吧。

他们分手后,马驰开始步行三个小时去学校找莫妮卡,开始去素食店吃饭,开始不用手机,开始很少讲话,开始戒烟,开始决定出家,甚至剃了头发。出家前马驰给我打电话说:"我出家是为了莫妮卡,也可能为了自己。"然后,马驰就走了。

七天后他回来了,莫妮卡过来和我一起陪他待了二十个小时,抽了三盒半烟,喝了四个易拉罐,上了三次厕所,洗了两次脸,看了七个电影,《两小无猜》《印度支那》《小武》《天生杀人狂》《神枪手之死》《破碎的拥抱》《苦月亮》。其间谁也没说话。末了，马驰说不准备出家了，出家也没用，他过不了自己这关。

莫妮卡说："没人关心你的好坏，你知道那天李文的女朋友问我什么，她没问我你为什么出家，而是满脸堆笑地问我，马驰剃了头发是不是还像从前一样帅。其实有些问题，已经没有答案，就像你突然决定出家和决定回来，都不在我的想法里，可还是按照时间的先后发生了。"

按照时间先后接下来一件大事情发生在马驰和莫妮卡分手两年以后，2008年汶川地震，马驰刚好在绵阳出差，被埋在土里三天四夜，被扒拉出来的时候人活着，但是右眼失明了，左腿截肢。

马驰回到北京的时候，首先见到的是莫妮卡，当时我也在场，莫妮卡拿掉马驰的眼镜，把坐在轮椅上的马驰揽到怀里，抚着马驰的头说："我已经不明白生活的惊喜是什么，是你能活着回来，还是什么别的，我都不知道，这几年我歇斯底里却又沉默如谜地坐在这儿，焦虑却又安逸地看你变化，谁也没想过，我有多疼，而这些，全是我最爱的人带给我的，我该说什么？说那年，我对你说，什么都没劲，你带我飙车吧。你说不行，我说就要。你永远都依着我，结果撞了车，我的脸磕了一下，当时也没觉得疼，我们就趴在那儿互相看着，你一只手使劲托着我的腰，另一只手紧紧地攥着我的手，我手都有点疼了，后来下车，你还是攥着我的手，一如我们漫长的沉默。我还该说什么呢？"

婚礼上，马驰抚摸着莫妮卡全是疤痕的脸说："我只剩下了一只眼睛，可我依然可以看得清，现在的你，一如 18 岁时那么温柔，年轻貌美。"

那天，我在日记里写了一句话：树在，山在，大地在，岁月在，马驰在，莫妮卡在，你还要怎样更好的世界？

第二次遇见

　　我习惯去李萍的咖啡厅聊天，写作，喝咖啡。李萍是咖啡厅老板娘，我多年的朋友。

　　李萍的老公叫陆远，我认识他也已经有很多年。陆远是八年前的一天我在路上遇到的。我那天心情极度不好，打牌刚输了钱，而且输得气吞山河，都没留一块钱坐公交车。在我输得只剩遮羞布的时候，赢钱的人问我有没有钱坐车回去，我跟人家微微一笑吹牛道，哈哈兄弟，这点儿钱才哪儿到哪儿。然后我揣着自尊心，从京伦饭店后边的一栋居民楼地下室里走出来，沿着长安街往回走。欣慰的是那时候还年轻脚力好，悲伤的是我住在石景山。走到一个天桥下边，实在是走累了，席马路牙子而坐。我摸兜掏出瘪瘪的烟盒，还有两根儿"都宝"，除了这两根儿烟，就剩腰上挂着的 BP 机了，汉显王。

　　没火。

　　我叼着烟在立交桥底下四处张望的时候，一个声音传过来，"你让让！"说话的是我旁边的破烂王，他拎着一个脏兮兮的大袋子。我没什么心情去跟他吵架，没搭理他。他掏出打火机，打着火，在我眼前晃了晃。

我瞪着他说："借我用用。"

"你先给我根儿烟。"

"你别磨磨叽叽，老子不抽了。"

他听完我说的话，利索地把打火机揣回兜里。

过了几分钟，我走到他跟前，把烟盒里剩的那根儿烟扔给他。

"你叫什么，你为什么捡破烂？"

"你可以叫我陆远。我需要钱吃饭。"

虽然我觉得他神经有问题，但我还是跟他说你借我点儿钱吧，我落难了。事后我在想，为什么我在他面前就不会坚守自尊心呢？后来我想明白了，人在认为比自己还惨的人面前，无论做什么都觉得是有自尊的。

陆远瞪着我："你连收破烂的都不放过。"边说边盯着我腰上的BP机。然后陆远掏出100块钱，右手对着我的BP机四个手指头来回动做着"拿来"的动作。陆远100块钱把我的BP机收了，但这不是那天的高潮，高潮是他让我指路带着他折回地下室去跟那帮人炸金花，我赢了1000多，然后我又花600块把BP机买回来了。我说，陆远你哪是捡破烂的，你就是一商人。

陆远果然是一商人，住到我家才三天就说服我把我那辆破捷达卖了，半年后一人买了一辆崭新的皇冠。我说陆远你真是人才，不过要是没我你应该还是个破烂王吧。陆远不屑一顾地说，要不是碰上我你倒是应该早就去捡破烂了。其实陆远说得对，那个时候我已经开始写作，写了几十万字，一分钱没卖出去，没有陆远我都没饭吃了。

2008年夏天李萍的咖啡店开业，名字叫遇见。我经常去她的咖啡店写东西，离得也近，而且经常蹭免费咖啡喝。有次陆远来咖啡店找我，李萍刚跟我聊完天起身走开，陆远和李萍俩人对视了一眼，陆远坐下来立马就问我："袁语，那个花枝招展的女人是谁？我觉得她跟我一起生活，合适。"

想不到的是陆远第二天就捧着花去咖啡厅求婚了，更想不到的是李萍竟然答应了。但是她立了个三年之约，先订婚再说，如果三年之后两个人还没互相嫌弃就结婚，我是公证人。

整个夏天，我们几个在大排档吃了数不清的花生毛豆。秋天他们两个就搬一块儿同居了，俩人幸福得不得了，陆远的生意也是突飞猛进。

2010年春天，李萍把咖啡店盘给了别人，跟着陆远去了加拿大，走之前陆远把在北京的房钥匙给了我，还给我留了10万人民币，跟我说："袁语，这是谢你当年那根儿烟的，谢你帮我开始新的生活。我也相信你能行的，不过这10万花完了，如果你写的东西还是没人要的话，那你还是学我当年去捡破烂吧。"

那之后我们联系甚少，我只知道他们在香港开了一家证券公司。

2012年夏天，我接到李萍的电话，她跟我说了一些情况，告诉我陆远的证券公司破产了，他们已经回到了北京。我们一起吃饭，陆远的样子特别颓废，即使是当年借我火的那个破烂王，也是神采奕奕的，我能想象到发生了什么。

李萍也特别憔悴，陆远终日酗酒，一蹶不振。很快，他们两个分居了。当初的三年之约，仅维系了两年就破裂了。金钱是爱情的坟墓，但没有钱就是爱情的地狱。陆远酗酒越来越严重，但每次喝完酒还要去找李萍，要么砸东西，要么痛哭流涕。终于李萍实在忍受不了，用烟灰缸砸破了陆远的脑袋。

陆远被送到医院，检查后发现，他脑子里已经有了一个很大的瘤。陆远昏迷了好几天才醒过来，医生给出两种治疗方案：一是开颅手术，彻底切除，但是因为脑瘤和大脑已经相互渗透，可能会失忆；第二是选择放射性治疗，不会有后遗症，但是脑瘤可能会再次复发。

李萍最终还是选择了手术。手术前一晚，李萍对我说："你最了解我们两个，他对我是一见钟情，见面后的第二天他就向我表白了，后来我跟他分手，是因为钱。以前我在感情上受过伤，活得太现实，直到现在我才发现，原来除了他，我谁都不想要。假如医生能治好他，我一定嫁给他……"李萍两眼血红。

手术之前，陆远单独找我聊了一次，他跟我说："告诉李萍，我对不起她，我不该这样不坚强。还有，我这辈子只要她一个，就算是重来一次，我也要和她过。"

结果，陆远还是失忆了。

医生指着李萍问醒过来的陆远："你认识她吗？"

"不认识。"

李萍一直在医院照顾陆远，陆远用尽全力地说："无论你是谁，谢谢你对我这么亲切。"

第二天，陆远坐在轮椅上，被推出来。正和护士聊天的李萍与陆远相见了，他们彼此对视了一眼，然后，陆远被继续推着往前走去。

"不好意思，等一下。"陆远转过头，望向李萍。

在阳光四溢的清晨，白色的走廊映着依然打着吊瓶的陆远，一个依然需要呼吸管辅助的男人，嘴角不自然地抽搐着，膝盖不停地颤抖，他攒了攒劲儿说："我能冒昧地跟你说一句吗？虽然我们昨天才见面，但是不知道为什么我已经爱上了你。"

李萍不禁潸然泪下。李萍趴在陆远的腿上，哭得不能自己。两个人的手叠在一起，上面有结婚时的对戒。

两个月后，陆远出院了，出院的时候他依然不记得自己之前所有的事情。医生说也许以后他就这样了，对于他来说，自己的生命仿佛只有两个月，但这两个月里，他再一次地爱上了李萍，并正式向李萍求婚。

半年后他们结婚了。婚礼上，两人互相交换戒指的那一刻，我被感动得一塌糊涂，从此我相信了一件事情，这个世界上有一种感情叫作命中注定。

我写这个故事的时候，就在李萍的咖啡店，这家被李萍买回来的咖啡店，店名已经换成了——第二次遇见。

也许某一天，某人会对你一见钟情，他会用颤抖的声音表达爱意，你汹涌的泪水却不仅是感激他，还有命运。有人会对你一见钟情，当你第二次遇见时，你要记得。

爱不需要说出来

三岁的时候，马丽家搬迁，和李格成了邻居。

李格打小喜欢画画，而且非常有天分。李格是个哑巴。

马丽非常喜欢李格的画，总是默默地看李格画画。因为李格不能说话，所以两个人的世界非常安静。李格经常给马丽画肖像，每一张马丽都很喜欢。他送了马丽一张，其他的自己都珍藏起来。

十六岁的马丽变得亭亭玉立，李格无法自拔地爱上了她，却不知道怎么表达，而且李格觉得马丽应该去和一个健全的人谈恋爱。

高中，李格每天早上按时接马丽上学，晚上下课按时送她回家。他早上 6 点 40 分到马丽家门口，晚上 7 点 45 分在她教室门口等她，风雨无阻。马丽喊李格哥哥，班上有好多同学以为李格就是马丽的堂哥表哥什么的。

马丽生病的时候，李格每回都会把该吃的药买好，而且每次会有一个削好的苹果，用袋子装着一起放在马丽的抽屉里。马丽也特别依赖李格，她跟李格说："哥，到了大学就没人像你这么照顾我了。"李格微笑着，摇摇头。

李格背着父母改了高考志愿，如愿地和马丽成了大学校友。

上了大学的马丽越来越活泼，叽叽喳喳地跟李格说很多话。李格总是微笑着倾听，用一些简单的手势和马丽交流。整个一学期，李格和马丽经常坐在校园的长椅上聊天，当然是一个聊，一个听。每次李格都会削一个苹果给马丽。李格削的苹果皮薄且连刀不断，而且每次都仔细去了核。马丽还带李格去了自己的宿舍，跟大家介绍李格是自己的哥哥，画画特别棒。李格腼腆地笑笑。

大一下半年的某天，马丽兴奋地告诉李格："我有男友了。"李格依旧微笑着听完马丽的好消息，并给了一个祝福的手势。

李格依旧每天早上 7 点发短信给马丽，告知当天的天气预报，晚上睡前也会短信道一声"晚安"，只是他们没有再在长椅上聊过天。

李格非常努力，他的画在学校已经很有名气。

李格每天晚上坚持去图书馆看书，因为马丽每天都要去自习。以前是怕她回去太晚，天黑怕出事，于是会远远地看着她，或者制造一些巧遇，送马丽回宿舍；而现在是要等到马丽的男朋友出现把她接走为止。这期间马丽似乎从未发现过李格，李格也从未主动跟马丽打过招呼。

大二的冬天，某个凌晨，马丽突然给李格打了大学以来的第一个电话，她跟李格说："我们分手了，我很难过，在酒吧喝酒。"李格连忙起床，冒着严寒找了三个多小时才找见马丽喝酒的小酒吧，当时她已醉得一塌糊涂，浑身发冷。李格带她回宿舍，拜托马丽的室友照顾她，然后返回校医院给她买醒酒药、感冒药，结果马丽还是病了。李格在医院陪了她两天，马丽烧得浑浑噩噩，嘴里呢喃的还是关于那个伤她心的男人。

李格整整两天两夜没合眼，最后也病了，病床和她挨着。

马丽病好了，李格去宿舍看她。马丽坐在自己的床上，啃着一个苹果，果皮被她啃得东一块西一块的。接过她手中的苹果，他开始一下一下削，并仔细去了核。马丽吃着苹果，吃着吃着就哭了。

两个月后，往日的微笑回到马丽脸上，她和李格说："给我介绍个好男孩。"

李格笑了笑，指了指自己。

马丽低下头没说话，李格傻乎乎做了个开玩笑的手势，然后做了个承诺的手势，意思是包在我身上。从小跟李格一起长大的马丽，懂得李格的手势。

大三上学期，李格想尽办法到处打探优秀的单身好男儿，甚至差点被室友误认为同性恋。李格做了个数据库，电脑里全部都是学校优秀男孩子的资料，包括身体、性格、感情经历和家庭条件，还经常拿去给马丽看，最后李格"引导"一个学弟成了马丽的男友，后来成了她的丈夫。

马丽结婚以后，李格跟随父母出国了，还在国外办了自己的画展。

李格知道马丽过得很幸福，便不再联系，因为他知道马丽的幸福和自己已经无关，他能为她做的已经做了，而且尽力做到了最好。

结婚一年以后，马丽的丈夫出轨，对马丽非常不好。

李格知道马丽的情况，觉得这都是自己的责任，因为马丽的丈夫是自己帮她找的。李格发信息给马丽：你要坚强，我很快回来看你，他对你不好就分开吧，我的资料库里还有更好的。

几个月后马丽离婚了，大冬天喝完酒倒在路边，接着得了一场大病，像当初大二的冬天失恋时一样，只是身边少了李格的照顾。所以这次的结果要严重得多，马丽因为连续的发烧失声了，而且已经无法恢复。

李格很快回到北京。马丽看到李格，眼泪像线一样落下来。李格微笑地看着马丽，做了个"我爱你"的手势。

然后，李格哭了。这个无声的表白，他曾经准备了二十几年。

马丽噙着泪水，很不习惯地打着手语："谢谢你。"

李格和马丽举办了一个平凡而简朴的婚礼，婚后，一切平静美满。李格除了画画的时间之外，每天教马丽练习手语，陪马丽看电影，逛街。他们的世界没有声音，但同样有欢笑。李格往返于国内外，偶尔去看看父母，参加一些画展，但从没在国内办画展。李格大部分时间还是在家里陪马丽，给马丽画肖像，像小时候那样。

然而上天未必会因为一个人的善良而格外地眷顾他，反而有时候会刻意毁掉美好的一切。厄运又一次选择了李格，幸福的生活只维持了四年。

律师拿着一摞文件给马丽，告诉她作为保险受益人，得到了足够她后半辈子生活的一大笔钱。李格在国外遭遇车祸去世了，听到这个消息，马丽没有哭，她知道李格希望她坚强下去。

当马丽见到李格的遗体时，他嘴角还带着微笑。马丽终于忍不住了，握着他冰冷的手，呜咽着。

李格的父母说，李格临终前亲口交代让我们把给孩子买的东西带回去给你。

怀孕三个月的马丽，呆呆地愣在那里。

在国外期间，一位著名外科医生利用人造声带为李格做了声带再造手术，就在马丽离婚前几天，他已经可以说话了。在他给马丽发信息要她坚强的时候，他刚刚从手术台上下来。

李格知道马丽离婚了，决定回来给马丽一个惊喜，自己终于成了一个健全的人，他决定回来向马丽求婚。

但是到医院李格知道马丽要失去语言能力，他就把这份惊喜藏在了心底，因为他知道自己无法开口说话的时候那种压力和自卑感，他要让马丽感受到他们两个是同一个世界的人。

爱，不一定非要说出来。

红

2014 年春天，我独自一个人去了趟日本，认识了红姐。

红姐已经 40 岁，还是单身。她告诉我，她在等一个人。后来我知道她就是在等一个人。

我去日本之前，好朋友修康给了我红姐的联系方式，说她会帮我安排在日本的行程。

见到红姐的时候，她穿着一身红色的套裙，40 岁的人，依然非常漂亮。我们是在红姐的小酒吧里见面的，酒吧的名字就叫"红"。我晚上十点多到那儿，整个厅里只有几桌客人在喝酒聊天。

那是一家很破旧的酒吧，墙上挂着的电视也是很老式的，顶上有几盏老式的摇头灯，单调的红绿色，晃来晃去，不过老旧的格调，反而显得特别温馨。红姐热情地招呼我坐下，然后拿一瓶威士忌过来，跟我喝了一杯。她让刚上中学的女儿 Mercy 陪我聊天，自己去招呼客人。

这家酒吧的沙发上面布满了岁月的斑驳痕迹，应该也有年头了。

我问 Mercy："你们家这家酒吧很多年了吧？"

Mercy 说："我出生的时候它就在了，后来妈妈在秋叶原开了几家歌厅，生意都挺好的，但是妈妈始终不肯卖掉这家店，也不愿意重新装修。"

我说："Mercy，你中文讲得真好。"

"从小妈妈就教我讲中文的。"Mercy 回答道。

红姐忙完之后过来，一边寒暄着问我累不累，明天想吃什么去哪里玩儿什么的，一边跟我表达歉意，说这里的客人她都非常熟悉，每天都要跟大家打一圈招呼，才会闲下来。

好奇心的驱使下，我问红姐："红姐，看样子这儿有很多年了，您怎么不重新规整一下？"

红姐看着我，说："没什么，我想这里保持原来的样子。"

"为什么？"

"我在等一个人。"

我还想继续问下去，但红姐似乎不太愿意说这件事儿，举着酒杯跟我碰杯，然后告诉我在日本有什么需要尽管跟她说，她跟修康是很好的朋友，修康的好多朋友来日本都是她帮忙接待。

我们接着边喝酒边闲聊，红姐说："修康告诉我你是他朋友，我也没问你是干什么的。"

我说："我是写书的，有时候也接点儿编剧的活儿。"

红姐眼睛闪烁了一下："哦，这样啊，那你来日本是度假的吗？"她跟刚进来的客人举杯示意了一下，喝一口酒。

"我是来找灵感的，在做一个故事集。红姐您开店这么多年一定有好多有趣的故事吧，有空给我讲几个吧。"其实我当时手头并没有书稿，只是顺口说的。

红姐迟疑了一下，说："成，等有时间吧。不过也没什么故事，来这里的人都是来放松的，大家就是来唱唱歌，喝喝酒。在东京这座城市，大家压力都很大，来这样的地方谁也不愿意提那些烦心的事情。"

晚上 11 点多的时候，我在日本的几个朋友也陆陆续续到了"红"，红姐送 Mercy 回去睡觉，回来后又跟我们喝了几个小时。

1 点多钟酒吧有一段表演。一支小乐队，一个键盘手，一个鼓手，一个吉他手，没有看到贝斯手，但是地上摆着一把贝斯。我想大概是贝斯手没来吧，不过这支明显缺乏低音的乐队演出，依然是一支很出色的乐队。

那是一支很老的乐队，乐队成员年龄都挺大。

我们一直喝到凌晨 3 点多钟，乐队的人早就散了。但是我清晰地记得，我们走的时候那把贝斯还摆在小舞台上。

红姐把我安排到她家的客房休息。虽然酒吧这么陈旧，但是红姐家里的装修很豪华，那是一间大大的客房。

我在东京跟朋友们玩了几天之后，又去京都玩了一圈，再回到东京跟红姐吃饭，第二天就要回北京了。

饭桌上，红姐问我："袁语，你真的在写书吗？"

"嗯。怎么了？"

"晚上一起去酒吧坐坐吧，我给你讲故事。"

晚上到酒吧，我下意识地看了看小舞台，贝斯还摆在舞台上。

红姐带我到一个半开放的小包间坐下，然后从包里拿出几张照片，照片的老旧程度就跟这家酒吧一样，可依然掩不住照片上男人帅气的模样。

红姐说："你第一天来的时候，我告诉过你，我在等一个人。'红'到今天都是在等一个人，我从来没有跟人讲过这些，连我女儿都不知道。你能不能答应我，书写好之后给我寄一本？"红姐的表情非常认真。

我说好的，这个肯定没问题。

红姐说："这照片上是个中国男人，我一直在等他。"

因为红姐的这个故事，我把机票改签了，多待了好几天。

红姐的父亲是中国人，母亲是日本人。她小时候家境不错，可是十几岁的时候母亲得了一场病去世了，父亲也一蹶不振，生意颓败，天天酗酒，红姐从爽朗的性格变得沉默。就在那时候，红姐爱上了班里的一个男生，男生叫藤原千夜，父母离异，家庭情况也不是很好。藤原千夜的梦想是做个演员，但他的父亲是个非常不负责任的男人，找了个新的女人，不愿意管他。藤原千夜的母亲没有工作，基本没有能力给他帮助。

藤原千夜在大学学了几年表演，毕业后找了一个会社去做学员，虽然他外形条件很好，而且非常努力，但却一直没有机会。那个时候红姐经常安慰和鼓励藤原千夜，告诉他要坚持下去，一定会有机会。

藤原千夜做学员的时候没有太多的收入，生活很拮据。红姐每次跟他见面，都会给他一些钱，很多时候临走前还要偷偷在他兜里塞点零钱。她每次都跟藤原千夜说自己现在有很好的工作，不用担心钱的问题，放心地去实现理想，就一定可以成功。

事实上红姐赚的这些钱，都是她在酒吧做女侍应赚的。那时候她每天都非常辛苦，但一想到藤原，就觉得什么都是值得的。

那两年，是红姐正好的青春年华，但她连买一支口红，都要思考很久，其他的更是舍不得买。但是对藤原千夜，她有求必应。她当时上班的酒吧，就是现在的"红"，只是那时这家酒吧的名字还不叫红。

照片上的男人，并不是藤原千夜，他叫直树，那时候在这家酒吧做贝斯手。直树是中国人，在东京上大学，他家在大阪的贫民区，家境非常贫寒，直树在这里做贝斯手就是为了养家。

直树非常喜欢红姐，他是酒吧里最照顾红姐的人，每天演出完都要等到红姐下班，给红姐买来热气腾腾的宵夜，还要送她回家然后自己才回去。偶尔藤原千夜来接红姐的时候，直树就默默地自己回家。红姐感受得到直树对她的爱，但她一直把直树当成弟弟来对待。

终于有一天，藤原千夜的机会来了。红姐在酒吧认识了一家很有名的娱乐公司的社长，那个社长经常来酒吧喝酒，因为他很喜欢红姐。红姐咬着牙陪了社长一夜，条件当然是让社长帮帮藤原千夜。后来那社长把藤原千夜推荐到一个不错的剧组，藤原千夜很快就红了。

可是再后来，藤原千夜开始慢慢疏远红姐。红姐开始并不在意，

　　她知道藤原千夜很忙，又是偶像新星，聚少离多是自然的。在红姐
心里，只要藤原千夜能实现理想，她愿意付出一切。

　　直到有一次，藤原千夜在红姐家过夜，离开的时候跟她说："你
要是真的为了我好，我们就分开吧，你想要什么补偿告诉我。"

　　红姐呆呆地坐了一晚上，眼泪啪啪地砸在地上。

　　之后红姐给藤原千夜打电话他不接，找他他也不见。红姐非常
伤心，开始经常喝酒。这时候，陪着她的还是只有直树。

　　那段日子里，红姐发现自己怀孕了，孩子当然是藤原千夜的。
她发信息给藤原千夜，告诉他这件事儿，还特意跟他说不会让任何
人知道，她明白藤原千夜的事业刚刚起步，保证不会影响他的发展。
藤原千夜让人给红姐送了一笔数额还算不小的钱，并告诉她把孩子
打掉，这件事儿就此结束。那个人跟红姐说，如果她为藤原千夜好，
就请帮帮他，不要再纠缠下去。

　　红姐的精神状况变得非常糟糕，她怀着孕去喝酒，经常喝得醉
醺醺的。还是直树每次默默地送她回家，照顾她。

　　红姐实在是太爱藤原了，加上怀孕，她变得暴躁，有时精神恍
惚。在她怀孕快 5 个月的时候，她终于承受不住，喝了半瓶酒之后
她给藤原千夜发信息："我想你藤原，如果你不来，我就把我们的事
情告诉电视台的人，告诉所有人。"

　　其实，红姐只是想用这种方式见到藤原千夜。

　　晚上，藤原千夜终于出现了，他满身酒气地来到红姐的住处，
一通歇斯底里，端起桌上的半瓶威士忌干掉之后打了红姐一巴掌。

藤原千夜跟红姐说:"婊子,你别以为我不知道你和 X 社长的事情,孩子还指不定是谁的呢?你自己干什么你不知道吗?我之前花你的钱都觉得特别脏。脏,你知道吗?"

红姐跟我叙述这一段的时候,紧紧咬着嘴唇,一字一句,声音很小,但是说得特别用力。她的瞳孔在灯光下骤然扩散。

听到这里我觉得自己已经手心发凉,但故事还没有结束——那天直树也去了红姐家。

直树到红姐家,敲了半天门都没人应。还好红姐一直很信任直树,家里需要男人干的活都是直树在做,所以直树有红姐的钥匙。直树推开红姐家的门之后,眼前的一幕把他吓坏了,红姐眼睛直直地看着藤原千夜歪倒在沙发上,胸前插着一把水果刀。

直树瞬间就明白发生了什么。他跑到藤原千夜跟前,往自己身上抹了好多血,他拿布轻轻握住刀柄转了几圈,把刀柄擦干净,然后又握紧捅了藤原千夜一刀。其实藤原已经死了。

就在红姐的眼前,直树做了这一切,站起身,把一双鞋拿到红姐面前,跟她说:"你看,这是不是你喜欢的那双鞋?你在酒吧做侍应的时候,我看你在休息间盯着杂志上的这双鞋看了很久,还用红笔画了一个圈。我一直想买给你,可我没有太多钱。今天是你的生日,我把它买来了,这是送你的生日礼物。等你生完小孩,就可以穿上它漂漂亮亮地出去了。"

沉默了一会儿,他双手搭在红姐的肩膀上说:"红姐,你必须记住,藤原是我杀的。为了孩子,好吗?你必须答应我!"

红姐告诉我，她当时听着直树说的这些话，脑子里一片空白，但是眼泪依然像断线的珠子一样。

直树叫了救护车，然后打电话报警自首。

讲到这里，红姐抽泣起来。

之后红姐抬起脚，告诉我："就是这双鞋。"

她说："我现在每天都打扮得很漂亮，认真努力地活着，就是为了等待直树。我要在原地等他，等他到这个地方。"

我终于明白了为什么那把贝斯一直摆在舞台上。我问红姐："那把贝斯就是直树的吗？"

"贝斯是我从鞋店买回来的。乐队的吉他手辛野告诉我，直树的钱不够，因为他挣来的钱都要给家里。他找其他几个人借了点钱，连同身上所有的钱都给了鞋店还是不够，最后他把贝斯也放在柜台上，拿了鞋就走了。那天，是我的生日。"

红姐生完孩子之后，用藤原千夜给她的钱把这家小酒吧盘了过来，然后买回了这把贝斯。十几年了，红姐不允许这里有任何改变，甚至乐队原来的几个人，除了鼓手因为其他事情换了人，其他人她都付了高价留下来。这支没有贝斯手的乐队在这里已经演了15年，因为红姐想等直树回来的时候，一切还可以从头开始。

第二天，红姐带我去监狱看望了贝斯手直树。接近40岁的直树，依然很帅气。在会见室里，红姐说："直树，这是我在北京的朋友袁先生，他想把我们的事情写出来，你同意吗？"

直树说："你如果已经放下，不再痛苦，就写出来吧。纪念那段灰暗的日子，然后就让一切过去吧。"

我说："如果你不介意的话我有个问题想问你，我想把事情了解得更细致一些。"

直树点点头。

"你从什么时候开始喜欢红姐的？"

"我到酒吧上班的第一天，手被麦克架夹破了，她赶紧过来给我包扎伤口，笨手笨脚的，但认真的样子让我特别感动。从来没有一个像她一样漂亮的女孩这样关心我。

"她刚上班，有时候会无意惹到客人，好在她诚恳的道歉总能取得原谅。她对每个同事都很好，力所能及地帮助和照顾每个人，看得出她很珍惜这份工作。

"后来我知道了她的事情，觉得她是个伟大的女孩。

"有一次乐队把第二天的排练曲目落在酒吧了。其他人住得远，只有她距离我学校近一些，老板让她送到我这里来，并告诉她我在学校等她。

"她买了一袋苹果，想让我带给同学们吃，结果到了学校却忘了到哪栋楼找我，匆匆忙忙的手机都忘了带，又记不住我的手机号，她不知道怎么办，就在路上找人一个一个地问：'你知不知道一个短碎发，瘦高个儿，总是手里拿着贝斯的男生在哪儿？'

"她不好意思去问男生，专挑女生问。每问一个人就给人家一个苹果，直到苹果快送完了也没问到。其实那时候她就站在我宿舍楼下。我只是等了太久，跑出去买了杯咖啡。

"她准备拿最后一个苹果问人的时候，我从后面喊了她一声，她听到我的声音，回头看到我。她当时的样子，差点就要哭出来了。我问她，还准备问多少人。她说如果还找不到，就再去买一袋苹果，问一个人发一个苹果。

"她额头挂着汗珠，笑着把最后一个苹果递给我说，洗过的，吃吧。

"所以你看，这样的笨蛋我怎么放心让她一个人走完整个人生？"

直树说这些话的时候，都在凝望着红姐，他的眼神让我相信：这个世界的一切邪恶和不美好，都抵不过爱。

离开日本的时候，Mercy 和红姐一起到成田机场送我。Mercy 跟我招手说再见的时候，我突然想到：Mercy，是宽恕的意思。

春泥

2012 年夏天，我去宋庄参加田青的个人画展。画展开始之前，田青拉着我说："有些事儿没人可以分享，就像没人明白小蓓当年离开我所带给我的痛楚，仿佛人生就这么回事儿。天空悠闲地蓝着，云朵无所谓地白着，太阳一直在它的轨道上行驶，从不准备刹车。"

当年，田青和小蓓在一起门不当户不对，小蓓是上海来的白富美，而田青除了理想什么都没有，外表倒是英俊，就是穷帅穷帅的。小蓓却义无反顾地喜欢上了田青。小蓓执迷于田青，就像田青执迷于画画。田青为了画画，放弃了到济南当老师的机会留在了北京；而小蓓为了田青，说服了父母留在北京陪着田青，说服父母的理由是在北京继续上学读研究生。

那时田青租了一个小房子，房子里除了一张床、一张桌子，其余都是和画画有关的东西，颜料、调色盘、刷子扔了一地，田青的梦想就是在三十岁之前开自己的个人画展。他甚至连电话都不用，除了叫外卖的时候电话线都是拔掉的。我们这几个熟的朋友去找他，都得跟小蓓预约，有时候我们跟小蓓说："真的，你劝劝他出家算了。"小蓓说："你们这些狐朋狗友，没点儿正经的。"

其实就连小蓓自己，除了给田青送吃的和钱，也不去打扰田青。我去过田青的住处，连钱都是散放在桌上，田青说这样需要叫外卖的时候抽一张方便。然而就这样画了一年之后，田青的画也没太多人看好，但是田青坚信自己一定可以成功。其实大家都有些质疑，但在田青心里，只要小蓓相信他，就够了。

我说田青你也好意思，让人家小蓓挣钱养你。田青笑呵呵地说小蓓哪像你们这些俗人，她喜欢我的画证明她有眼光，再说我不就是让小蓓帮忙卖卖画嘛，我这也算自力更生。我说你的画一个月卖不出去两张，还不如街头帮画肖像的人挣钱。这时，田青总是和小蓓幸福地对视着说："将来还，将来还！"

那时候大家都很穷，刚从学校出来，只有小蓓家里有钱，但她还在读研究生，她几乎把所有的生活费都给了田青，还在外边兼职工作。每次燕子跟小蓓打镲说她傻的时候，小蓓总是说："我愿意。"

功夫不负有心人，在田青都有点质疑自己的时候，他的画慢慢可以卖出去了，田青兴高采烈地跟大伙儿说攒够了钱一定去国外深造。

2006年小蓓研究生毕业了，小蓓的父亲来北京探望她，才明白小蓓为什么不回上海。小蓓父亲大发雷霆，到田青的住处把田青臭骂了一顿，并且告诉他不要再纠缠自己女儿。田青负气跑出去好几天没回来，那天晚上还下着大雨，小蓓在滂沱大雨中找了他一晚上。

小蓓被她父亲带走了。田青回来发现小蓓不在，立刻买票去了趟上海，但一无所获。生活有它自己的步调，生活从来没有被改变。在你想来点刺激或者奇遇时，它琐碎庸常到足以消解掉你任何澎湃的激情；而在你肯定了它平铺直叙的方式后，它又会突然乖张起来、凶狠起来，露出青面獠牙的面目趁你不备捅你一刀。

　　还好田青的画慢慢有了市场，他攒下了一笔钱，很快他决定去美国游学。出国之前，田青喝得大醉，跟我和燕子说："这一刀，捅得我好疼，白刀子进，红刀子出，无比残忍。"那一刻，我感受到了田青也像爱画画一样爱着小蓓。

　　从那之后，田青和小蓓再无联系。

　　田青在美国期间，给我打过一次很长时间的越洋电话，他说：

　　"我曾莫名其妙地说自己痛苦，小蓓说她都知道；我说自己无聊，小蓓说她能明白；我说自己备受煎熬，小蓓说她了解也能体会，我不管说什么都在小蓓掌握之中，小蓓像一个先知一样站在我面前，满面油彩。

　　"小蓓说人偶尔可以堕落，让我不要天天只画画，偶尔也要去滚滚红尘，我按照'拧巴的时候强行认为小蓓是对的'这一原则，暂且认了。在别人眼里，我应该像传奇故事里那些落难的人一样卧薪尝胆奋发图强然后终有某天功成名就，而小蓓告诉我说：'田先生，故事里这样的情况比比皆是，但那是被电影化了的生活，不是生活本身，遵循自己的内心活着就好。'

　　"一直以来，我都避免谈及我和小蓓，我试图告诉自己早就把她忘了，为此我无比痛苦。那涉及一种心底的信仰的坍塌，我和小蓓那段从一场纯洁的大雪中悄然破土又安营扎寨的恋情，早就在我内心一次次自我原宥下变成了信仰。我爱小蓓，可我不明白她为什么就这么走了，而且连见都不愿再见我。"

有些事情，我们总会明白，命运会给这一切安排一个合适的时间。这一切，在画展结束后都有了答案。

那天画展，小蓓的父亲也来了，在画展结束的时候他找到了田青。小蓓的父亲苍老了许多。他把一箱子画交给田青，是田青早期卖出去的大部分画作。

小蓓的父亲跟田青说："这些都是我替我女儿买下来的，她的遗愿就是让你实现自己的梦想。"

他顿了顿，又说："我这辈子最后悔的就是拆散了你们俩。"

生活中的悲剧其实就这么简单，就像肥皂剧里演的那样，那个大雨滂沱的夜晚，小蓓出去找田青被车撞飞了，高位截瘫。所有人都知道这件事儿，除了田青，因为我们每个人都答应了小蓓，不要让田青的梦想有任何牵绊。小蓓几个月后去世了，我和燕子去上海参加了她的葬礼，小蓓的父亲告诉我们，小蓓唯一的遗愿就是让他一定帮助田青实现梦想，办一场成功的画展。

田青对着那一堆曾经支撑他的生活和信念的画卷，沉默了好久。

最后，田青淌着泪跟小蓓的父亲说："伯父，你没有拆散我们，爱情是杂色的，它还沿用着门当户对的传统，这是种心灵的门当户对。小蓓明白我的心，就像我知道她在天堂的梦想，我知道小蓓想要告诉我——你要继续，而不是挥刀斩断。"

半年后田青办了主题为"春泥"的第二次个人画展，展出的大都是小蓓父亲送回来的画，主展的是小蓓的一副肖像，上面有田青自己写的配词：落红不是无情物，化作春泥更护花。

一个人死了，葬在另一个人心里。

一篇小说的开头

离别的滋味大概总是不会特别好受吧，我从床上爬起来，呆坐在床沿上想。

昨夜做了个乱七八糟的梦，梦里有认识的人也有不认识的人，开始人们三五成群坐在路边聊天说笑，有老人在下棋，有孩子在打闹，还有中年妇女对着过路的行人窃窃私语，指指点点，市井生活，俗不可耐。突然梦里像有什么按钮被激活了，街上的人开始疯狂地奔跑，高楼大厦、汽车行人和茵茵草地开始快速后退，像很多科幻电影里演的那样，所见的一切都幻化成光影。模糊中我看到乐乐站在马路中央，时光给了她一个大大的特写，在朦胧的梦境中，她纤毫毕现，脸上却满是茫然，茫茫四顾，不知所措。我看到她慢慢弓身下来，双手抱膝蹲下来。我伸手想去抱住时，梦突然醒了。

后来她一定走了，就像现在她就要走了。不敢再多想，拍拍脑袋，起身去洗脸刷牙，清醒一下要赶紧去机场了。

北京的初夏像一碗刚刚泡浸热水的泡面，热气腾腾却也只腾腾在表面，热得不痛不痒。但是现在我无暇等这碗面泡好，出租车司机一路都在跟我瞎贫，我像个蹩脚的捧哏相声演员一样"恩，哦，啊"的有一搭没一搭应付着他。心里想着一年来跟乐乐一起经历的点点滴滴，那些促膝长谈的夜晚，那些一起等待日出的清晨，那些拥抱接吻，我清楚地知道它们发生过，然而那些美好却又实在是太美好了，总让人怀疑，我急切地想找到这一切存在过的痕迹，记忆这东西啊，还真是奇妙的玩意儿。趴在车窗上，看着窗外后退的建筑树木，想起刚刚做的那个梦，我分不清是活在现实中还是梦里。

恍惚中手机响了，乐乐发来的短信：我爸妈送我，你不要过来了。

我拿着手机怔了一下，回：好的。

车到 T3 航站楼时，出租车师傅还拉着我说中菲关系，我丢下钱跑了。时候还早，我一个人坐在楼外台阶上看着来来往往的行人发呆，给乐乐发了几条短信，她被婚车堵在机场高速了，可真不幸。其间我接了同事的一个电话，去上了一次厕所，做了二十个俯卧撑，去买了一瓶水，人们大概觉得我很奇怪，不过我觉得他们也很奇怪，忙忙活活的人其实都不知道自己该干什么。

过了半个小时，远远地我看到乐乐下车过来。有时候我会想即使人群再拥挤，我也可以一眼看到乐乐，而且这大概不仅是因为她高挑的身材。我起身来到航站楼门口，低头玩手机等待乐乐过来，我不知道接下来的一幕她会不会高兴，我自私地用我认为应该的样子为她送别，或者连送别都算不上，我只是想在她走之前再见一面。

慢慢地，她离我越来越近，可能是因为路上堵车，精致的脸庞

午夜是月光躲在太阳后浸泡的
一瓶墨水

夜晚是毒蓬的
我留不住这种美

口是心非 读 kou shi xin fei

用了很久两个词 快要熟了

中秋

据转腾挪

上稍有愠怒，眉头轻锁着，一边跟父母说着什么，一边低头匆匆地
走路。我冲着她走来的方向走过去，她抬头看到我，瞬间一脸愕然，
回身看了一下爸爸妈妈后，嘴角上扬，冲我微微笑，手指在胸前顺
次摆动，示意我赶紧离开，我冲她做了个我爱你的手势，笑着离开。
而在擦肩而过的一瞬间，看到乐乐的微笑和她舒展开的眉头，我想
那是我见过世界上最美的风景了。

　　机场的天很蓝，不时有飞机划过，白烟把朵朵白云连成云团。
云团像调皮的孩子，在天上嬉戏打闹；云团像甜蜜的情侣，在天上
拥抱接吻；云团像大大的棉花糖，让人想舔上一口，云朵又像宽厚
棉被，让人想躺上去痛快睡上一觉。不知道乐乐有没有抬头看天，
如果有，她一定很高兴吧，那么喜欢云的孩子。我回头看乐乐，她
正刚刚掏出手机，放在耳旁，然后我听到我手机响，接起来。

　　“为什么还要过来啊？”

　　“因为我爱你啊。”

　　嗯，因为我爱你啊。

　　这是我和乐乐的爱情故事。

简单爱情

这是一个真实的故事，中间没有任何修饰，只是简单的叙述，因为任何的修饰都会破坏这份简单的美好。

2008 年，郑炎考上大学。

那一年的 9 月 20 号，郑炎第一次参加英语角，孔霏坐在郑炎的对面。

郑炎抬头看到孔霏，一见钟情便突如而来。

郑炎撕了一张便签纸，写下自己的电话递给孔霏。孔霏回给郑炎一张纸条，上边有她的电话，但两个人没有说话。

孔霏扎着的马尾辫，亮亮的额头，还有温柔的神态深深地印在了郑炎的脑海。

第二次英语角郑炎又去了，没有看到孔霏。

第三次英语角郑炎又去了，也没有找到孔霏。

第四次，依然无果。

于是，郑炎再也没有去过英语角。

郑炎总想着要打电话跟孔霏说点儿什么，可始终不知道该去说什么。

还没想好怎么说的时候，郑炎的手机丢了。他很懊悔自己天天只想着要跟孔霏说什么，却没有记下孔霏的电话号码。郑炎跟孔霏不同专业，虽然偶尔路上会遇见，郑炎总是忐忑不安地打下招呼，但两个人始终没有很直接的联系方式。

一个学期就这么匆匆过去了。

大一下学期的第一天，郑炎登录校内网站，突然发现好友申请里面竟然有孔霏的名字，郑炎欣喜若狂。他想这次一定不能再错过机会了，在郑炎软磨硬泡之下，孔霏的 QQ 号、手机号都有了，但郑炎始终没有鼓起勇气给孔霏打电话。

过了很久以后的一个周末，郑炎和几个好哥们儿一起去 KTV 唱歌，哥们儿一起唱《单身情歌》，郑炎不禁情动，于是奔到外面，勇敢地打出第一个电话给孔霏。至于酒后的郑炎说了些什么，他自己都记不起了，不过此后半年，郑炎开始慢慢给孔霏发短信，还经常在 QQ 上聊天。

但是郑炎却始终没有表达爱意，两个腼腆的人就这么耗着。

那时的郑炎，饱受相思之苦但又无比幸福和甜蜜。

2009 年 11 月 11 日，光棍节，上大二的郑炎和哥们儿喝酒喝高了，将心事吐出来，半晕中说自己一定要在元旦到来之前表白。

到了 12 月，有一天哥们儿突然跟他说："我记得某人好像说过元旦前要跟喜欢的女生表白的。"

当天，郑炎想了一下午。

郑炎是学生会的学习部长，那天开例会，他处理完部门的事情，安排好下周工作后，带大家去了一个房间，关上门对着二十几个部门成员说，他需要大家的帮助，问大家是否答应，大家听完欣然点头。

郑炎深呼吸了几次，说："我，郑炎，要向孔霏表白！"

大伙热闹起来，按照办一个活动的形式开始头脑风暴，讨论方案，写计划，然后开始各自分头准备。

2009 年 12 月 24 日，平安夜，月明星稀。

郑炎打电话叫孔霏到学校操场，说这里买了好多苹果，今天准备给大家发苹果，孔霏一口答应了。

郑炎说你手机先别挂，孔霏问为什么，郑炎说我怕你找不到我，你进操场时候给我吱一声。孔霏说，我已经进了操场了。

孔霏在电话里听到郑炎那一端传来的各种起哄和尖叫，嘈杂的声音此起彼伏开始出现。紧接着，刚刚走到操场跑道起点的孔霏身后跳出来一群男生女生，挡在孔霏后面。孔霏想要往回走的时候，大家推着她向前。

然后每过 10 米，跑道两边就有两个人跳出来送给孔霏 9 朵玫瑰花。

直线跑道 100 米，孔霏接到 99 朵玫瑰花。

郑炎站在百米跑道的终点，就在那里，他看见一群人簇拥着孔霏往前走，而孔霏也已经没有要往回走的意思。

远远的郑炎紧握拳头鼓励了一下自己。

孔霏走到郑炎面前的时候，众人歌声响起，大家手中的手机电筒开始各种闪闪亮，唱的是《月亮代表我的心》，第二段是郑炎吉他弹奏加独唱的，这首歌他学了整整两个月。

在月光和同学的簇拥下，郑炎开始准备了好久的表白："无论我本人多么平庸，我总觉得对你的爱很美。"他激动得有点迷糊了，准备了好多话，都没有说出来，只记得这句，还是在书上看来的。

正当大家准备狂欢庆祝的时候，孔霏说："你能让他们先走吗？"

郑炎想：没戏了，她要拒绝！他还是遣散众人，给每个人一个苹果。他们绕着操场开始走，郑炎的心里各种忐忑。

孔霏说："郑炎，你吓到我了。"

郑炎说："我没有想要吓你，我不是故意的。"

孔霏的第一个问题让郑炎吐血。

孔霏问："我和你在一起有什么好处？"

郑炎说："在一起的好处，好处……好……处……我会对你好，永远对你好，一直对你好……"

此处省略半个小时，郑炎倒是一直在说话，但大意就是上边那几句。

孔霏说："宿舍要熄灯了，走吧。"

"啊，这就走了？"短暂沉默之后，郑炎说，"我送你回去吧。"

孔霏说："好。"

郑炎准备在回去过程中另谋对策，走到宿舍楼前的一座花坛，他说："宿舍熄灯还有些时间，咱坐会儿行吗？"

郑炎和孔霏坐下来，自己也不再那么紧张。两个人开始谈心，郑炎开始间接地表达自己多喜欢孔霏，不过说的也就是普通人都会说的那些话。

结果还是没有结果。

半个小时后，孔霏说："我们走吧。"

郑炎说："好。"

从那个地方到孔霏的寝室，只有短短的 100 多米，郑炎撕心裂肺各种挣扎，怎么办怎么办怎么办……

距离宿舍入口还有 10 米的时候，郑炎终于鼓起勇气把孔霏拦下了。

郑炎说："你到底是跟我好呢，还是不跟我好？"

孔霏嗯嗯啊啊好长时间之后，说："我看我还是跟你好吧。"

"那我能牵你的手吗？"

郑炎伸出自己的右手，孔霏伸出她的右手，两个人来了个超级标准的握手。就这样，2009 年的平安夜，郑炎和孔霏在一起了。

2011 年，郑炎和孔霏在一起两年。

两年来，郑炎和孔霏觉得溺在一起这么般配，这么默契，性格、经历极其合得来，他们一起学习、一起吃饭、一起各种生活，除了睡觉。

孔霏比郑炎更外向一些，学习比前两年长进很多，郑炎的学习成绩也跳到了更前面，性格方面两个人也不断地更正对方的缺点，成长许多。

2011 年 7 月，大三结束。郑炎是全院第五名，孔霏是全院第三。虽说成绩不代表什么，但验证了两个人在一块儿巨大的激励作用。

郑炎跟哥们儿喝酒的时候说："年轻就应该疯狂点，如果觉得合适就放手追吧，又不会怀孕。"

2012 年 7 月，郑炎和孔霏毕业了，感情依然十分稳定。

郑炎在微博上说：浪漫这种东西就像水电站一样，一下子流水冲击产生的电量并不如持续细水长流的冲击。

郑炎觉得，大学时中午每天陪孔霏打热水，傍晚去河堤散步，夏天的周末俩人抱着西瓜啃一下午，出去旅游互相为对方寄明信片，比什么都温馨，都浪漫。

走出学校半年，郑炎开始工作，孔霏开始读研究生，两个人都在北京。生活波澜不惊，但甜甜蜜蜜。

2013 年冬天，离开校园一年半。

孔霏也在找工作了，到处碰壁，什么结果还没有。她在电话那头哭着跟郑炎说自己不行，什么工作都找不到，感觉自己就是人群中最没有能力的那个人。

当天正值郑炎出差回来，于是他立马调转方向，去学校找孔霏。郑炎见到孔霏，第一件事儿就是抱抱她，什么话也没有多说。

孔霏泪流满面。

郑炎说："没事儿，暂时找不到工作又不是一辈子都找不到了。"

孔霏说："我哭不是因为这件事儿，而是觉得有你在我身边真的是太好了。"

2014 年春天，郑炎和孔霏结婚了。

在婚礼上郑炎说："现在想想最浪漫的事情莫过于 2012 年的平安夜，我追到我老婆的三周年，我们千里之隔打电话，她对我说了一句'和你在一起真幸福'，而我转身走出屋子，看到外面鹅毛般雪花飘落。"

爱的镜头

她和他

某个盛夏，公交站徘徊着一个长期在那里乞讨的老大爷，麻木地把斑驳的铁瓷缸子伸向同样麻木的等车人。天气很热，又是下午两点钟，所有人都大汗淋漓，且不耐烦。这时，我听到旁边一个五六岁的小姑娘跟妈妈说："妈妈，我想喝水。"妈妈从包里拿出一瓶刚在旁边小摊上买的冰冻矿泉水给小姑娘，小姑娘拿着水跑到老大爷跟前，把水搁在了老大爷碗里。

不知道是因为水有点沉还是来得太突然，大爷愣了很久，麻木的脸上突然有了一丝表情。

那个小姑娘从头至尾什么都没说，后来跟着妈妈上车走了。

他和她

男孩和女孩一起去冒险，被困在山里。

天气实在太冷了，男孩把衣服给了女孩。

四天的时间里，男孩一直跟女孩讲笑话。

第五天，男孩把背包里的压缩食品全部拿出来给女孩，说我还没吃，这些都留给你，我相信一定会有人来救你的。

在距离救援队发现他们的三小时之前，男孩用最后的气息跟女孩说："以后别总把程序弄得一塌糊涂然后对着键盘哭，还有你总是盯着电脑，眼睛都看坏了。我本想好好活着，等你老了给你修指甲，帮你拔掉懊恼的白发，拉着你的手在海边享受美好的阳光和柔软的沙滩，陪你一起去野外告诉你一朵朵花的颜色很像你青春的脸……"

她和她

她们俩，一个是学习很好的漂亮女生，一个是被称为"差生"而且长相普通的假小子。两个看似完全不在一个世界的人却成了很好的朋友，学习好的绰号叫小白兔，她就给假小子取了个名字叫胡萝卜，小白兔总开玩笑说哪天饿了就把胡萝卜吃掉。

六年级的时候，小白兔学会了用纸条折小星星，于是教给班里其他的女生，然后大家互相教，最后全班女生都会了，上课也叠下课也叠，终于被班主任发现了。她们的班主任是特别严厉的一个女老师，她抓住一个人逼问是谁教的，问出是谁就去继续问下一个，一定要追查来源。小白兔胆儿特别小，非常害怕班主任让自己叫家长来学校，而且小白兔特别爱面子，想到要当着全班同学的面被老师训斥，她吓得快哭了。班主任一个一个地问，小白兔快绝望了。

可是，班主任问到胡萝卜时，她死活不说话。最后老师认定是她发起来的，把她狠狠地训斥了一顿，第二天还把胡萝卜爸妈叫来学校谈了话。

他和我

第一次一个人去泰山看日出。

我在去泰安的大巴上遇到一个退伍军人，也是一个人，闲聊了几句，他说一起走吧，于是我们就结伴而行。因为要赶在日出之前登到山顶，于是他和我爬了一路，聊了一夜。他跟我说因为事业的失意才出来放松一下心情。

这个萍水相逢的人，在山顶执意给我租了军大衣，说一会儿会很冷。山顶的温度非常低，爬山爬出来的汗水很快就变成寒意，因为那个军大衣，我才没在等日出的过程中冻死。

看完日出下山，我提前买车票时没算好时间，有点赶。于是他一路跑着陪我下山，拦了辆私家车把我送到车站，虽然我一直在跟他说没有这个必要。进站的时候，我在想此生应该都不会再见到这个人了，想着回头再告别一次，于是就回头看了下。结果他还扶着栏杆站在入口那儿，微笑着。

我勉强笑着挥了挥手，回过头眼泪"唰"就流下来了。

她和我

高中时和班上一个女生很好，我很喜欢她，也感觉到她很喜欢我。她家跟我家住在一条街上，我们经常一起上下学。

后来我在学校不怎么老实，慢慢地劣迹斑斑。但她是乖乖女，很听老师和爸妈的话，他们不让她跟我走得太近，她便疏远了我。

高二冬天的一个早上，刚下了一场大雪，整个城市银装素裹。我从家里出来看到她呼着白气，在我家楼道外边，边跺脚边往这边张望。

她看我出来，迎上去跟我说："昨天放学的时候，我在你家门口摔了一跤，前边那个下水道的盖子半边翘起来了。今天下雪了可能看不到，你路过的时候一定要小心啊。"说完她就走了。

那一天，我一点都没觉得冷。

我和朋友

交情多年，后来他去了国外。

出国前，我们喝酒喝得醉醺醺的时候，我拿起桌上装饰用的一个纸巾盒说："真好看，好想要一个。"说完我就忘了。

第二天，我在自己的包里发现了那个纸巾盒，里面塞了张纸条：店老板不愿意卖，但走的时候我把钱放在桌子上了。

后来我们再没有一起吃过一顿饭，但这个纸巾盒一直在我桌子上。

我和表妹

表妹出生的时候，外婆刚好去世。外婆是表妹的奶奶，她去世之前，给表妹织的毛衣刚到一半。

表妹十岁的时候，有次我们在表妹房间聊天，小小的她突然问：奶奶到底是什么样子的啊……

表妹的衣柜第一排一直放着外婆没有完成的小毛衣。

我和书店老板

上中学的时候，学校旁边有一家书店，我经常去书店看书。店老板是一位退休的老师，和蔼可亲的中年女人。

有一次，来了几本我很喜欢的漫画系列书，但我没钱买，于是把书偷走了。很久我都没敢再去那家书店，可就在我再次去那家书店的时候，书店老板拿了几本漫画书给我，说："这是这个系列漫画的后几集，都卖完了，这几本我一直给你留着。以后想看什么书就跟我说，我都给你留着。"她还送了我一个漂亮的铅笔盒。

我含着泪接过那几本漫画和铅笔盒。

紧接着我就转学了，到了别的地方去上学。再后来慢慢长大，我一直想回去看看她，一直觉得很不好意思，总想着以后再说。

再后来的某次饭桌上，得知书店的老板已经去世了。我已经不太记得她的样子，但那个斑驳的铅笔盒，一直在我书架最高的格子里。

我和小学同学

小学有位女同学经常被班上的男生欺负，他们都说她长得丑。

大冬天，我们放学排队出校门，这个女生就站在我旁边。我跟这个女生关系也不怎么样，有时候还会跟着大家起哄说她丑。当时很冷，我就说了一句"好冷啊"，然后忍不住搓手。

这个女生把放在羽绒服兜里的双手抽出来，然后把我双手握过去，说："我来给你暖暖。"

真的好暖，好暖。

我

在能够表达爱的时候，我们应该用力表达，在能够散发点温暖的时候，我们要用力散发，并把它们当作最自然的事。如此，人生才会平平常常却又刻骨铭心。

春光乍泄

都说人生如戏，那些曾在电影院里痛哭过的人们，想必总在煽情的故事里或多或少地看到了自己的影子。

在没看过《春光乍泄》这部电影以前，我并不相信有一部电影会和我身边朋友发生的故事如此相似。那是一个突降暴雨的周末，为了打发漫长的下午，我和室友决定找部电影来看，东挑西拣，恰好选中了这部《春光乍泄》。

故事发生在布宜诺斯艾利斯，旧镜头，感觉整个故事就像黑白光影里的浮华一梦。何宝荣和黎耀辉两人一同驱车抵达阿根廷，他们的手里有一盏美丽的瀑布灯，本来相约一同去看那个瀑布的现场版，不想半途中发生激烈争执。何宝荣驱车扬长而去，黎耀辉流落异国他乡，做酒保聊生。再见时是在酒吧门口，何宝荣意气风发搂着新欢耀武扬威，被人痛打之后两人回到辉的住所，度过了一段非常幸福的时光。但因寂寞作祟，何宝荣一次次背叛，又一次次回头找黎耀辉，留下一句"不如我们从头来过"。

而接下来我要讲的故事版本显然要接地气得多。文文和学春那会儿刚 20 岁出头。俩人怀揣着同一个目的选择来到一个海边城市，不是为了功成名就海景别墅之类的伟大梦想，而是两个人共同的一句话："真的，就是喜欢看海。"于是两个热血小青年立刻来了场说走就走的旅行。当他们拖着四个巨大的行李箱从火车站走出来，还没吃上第一顿大餐两个人就因食物问题吵了起来。学春想吃海鲜，就算咬牙放血也非得点上传说中一只钳子比人手还大的巨型龙虾不可。文文则比较保守，害怕钱不够花，觉得两人应该去海边先吃点蚵仔煎土笋冻之类的当地小吃。一来二去，两人当街大吵，于是大路朝天各走一边，真的就此走散。

文文身上没带多少钱，性子又倔，好在人长得清秀，不出两天便找到了一份咖啡馆包吃住的工作。"冷战"期间两人谁也没主动联系谁，文文只是在网上发了个定位，傍晚就再次见到了这位熟悉的"客人"，还带着个陌生的姑娘。"真是个渣男！"文文心想，可终究还是忍住了要把咖啡泼这对狗男女一脸的冲动。拿着托盘闪身躲进了柜台后面。可能过了有半个世纪那么久，头顶响起一个声音，"买单"。文文头也没抬，"94"。手抬起来准备收钱，却忽然被握住了，一张嬉皮笑脸的面孔凑过来，"那个，忘带钱了。你先帮我付，改天就还。"文文说："不好意思，您还可以刷卡。"学春说："我的卡不在我这儿，你先帮我记着。"文文回道："不好意思，本店不接受赊账。"学春倒也不着急，摆出一副"今天本大爷身上就是没钱，你能把我怎么着"的架势。而这时学春带来的姑娘已经彻底看不下去了，拍了一百块在柜台上飞速扭头离去。

这时学春说："你，跟我出去。"两人走到店门口，文文抢起袖子就准备开揍。学春连忙挡住，说："我开车来的，有什么事在车上说。"文文当时一惊，什么？飞机都坐不起的穷光蛋居然短短时间内买了车还泡了妞？事实证明文文想多了，不远处，一辆颜色鲜艳的双人自行车停在路边。学春说："别生气了，走，哥带你兜个风。"此刻环岛路上的夕阳美得刚刚好，那个人斜着眼睛看过来的笑让这一秒变得有些无从拒绝。

兜完风，还在路边开开心心地吃了大芒果和烧烤，然后就一起自然而然地回了家，谁也没提刚刚那茬。文文觉得她真是喜欢这个人，之前死也不肯主动联系，但一见到这个人的瞬间，真是什么原则都忘了。

之后文文照常上班，学春宅在家里找工作等面试。每天傍晚公交车站旁总能看到学春倚着站牌等文文。俩人一起去菜场买菜，不多时便把各种稀奇古怪的深海鱼类都尝了个遍。俩人挤在不大的出租屋里谈起未来，竟也能觉察出一种幸福的甜味。

一个月后，学春迟迟未找到称心的工作。文文劝他不要过分挑剔，学春坚持认为不喜欢的工作做起来就如同浪费生命。两人一言不合又一次大吵起来。那一晚学春彻夜未归。几天后，公交站牌旁学春化身"抢包贼"让文文追着跑了几条街。这个男人纵然孩子心性，却总能想出各种办法将文文哄好。这样的事情周而复始地发生着，在这个没有归属感的城市里，时间的流逝往往也带着灼人的热度，将所有饱满的爱烤焦、风干、最后连痕迹都不剩。

"每次你说来就来，说走就走，我没哼一句，但这是最后一次了。为什么我就注定得伤心，就你可以说走就走？我也可以啊，我舍不得罢了，让我们互换一次，这次我走先。"

这是电影里黎耀辉对何宝荣说过的一段话。的确，对何宝荣来说，黎耀辉是那个永远都为他守候、无条件包容着他的人。但那也只是"他以为"罢了。"被偏爱的都有恃无恐"这句话用在何宝荣身上再合适不过。你钟爱夕阳，觉得它的光芒和热度永不消散，只可惜它也只是如备胎一样的温度。

后来文文遇见了一个倾心追求她的男生，那时候的他依然最在意学春，在辜负与被辜负之间终于不堪重荷，选择抽身离去。离开这个城市的那天她没有让任何朋友送她，只是独自一个人去看了那片海。文文走后，学春反而在她的小出租屋里安定了下来。他学会了做饭，有了份正经的工作，把被子叠得整整齐齐，把那个家打理得像她在的时候一样温馨。他的身边不再有莺莺燕燕，他也没有再把文文追回来。

故事至此，迷途折返的浪子和决绝离去的痴人，没有人能说得清究竟孰对孰错。也许生活总要教会人这样一课。有的人学会了珍惜，有的人学会了放开，也让所有人明白，错过的也终究只能是错过。寂寞是个太好的理由，被爱的人深受其害，催生了无数个渴望被谅解的错。但其实转念一想，肯一次又一次地原谅一个人，又何尝不是害怕寂寞。

最后，就像黎耀辉最后的那句独白："我一直以为我和他不一样。其实寂寞开散时，所有人都是一样的。"

梦想变成壁虎的少年

　　我昨晚做了一个奇怪的梦，梦见自己变成了一只壁虎。梦里我对自己的变化并不恐慌，而是非常惬意地在墙上走走停停。醒来后想想，这大概是因为变成一只壁虎其实是我人生中的第一个真实的梦想。

　　学生时代，我们都写过梦想之类的作文。但谁都知道，那算什么梦想啊，不过是迎合老师或者父母梦想的文字而已。我敢保证你们谁也想不到，我第一个酝酿出来的梦想是变成一只壁虎，当然无论如何，这都是不能写进作文的。那一年我11岁，在一个理所应当是光棍的年纪我不凑巧地第一次喜欢上了一个姑娘。

　　当时因为学校的合并，从外校转过来一些插班生，分到我们班的一共四人，三个男生，一个女生。新学期开学已经一个月，老师对这几个不速之客并无好感。他们来的那天正好是班主任在上课，中途被敲门声打断，老师不爽地呵斥他们赶紧进去收拾好坐下。因为是从外校抬着桌子来的，所以呼呼隆隆地耽误了半节课。搬弄的过程中班主任不断呵斥，三个男生应该是见过世面的主儿（后来事实证明果然是），脸皮比较厚，对老师的话置若罔闻，只有那个女生脸红红的。那是我们第一次见面，一个非常美好的印象。时至今日，我依然能记起那天透过窗户射进教室的阳光的温度，和她总是嘟起来的嘴。

她来这个班级之前我是班级的第一名，而她来了之后这个位置就一直是她的了。按理说我应该嫉妒才对，可是我不但没有，还非常配合地往后挪了几名，成了班级的七八名。那时候我开始不太在意成绩，而更在乎她怎么看我。但是不知道为什么，也不知道从什么时候起，她好像从来再没看过我一眼。

我们两家离得不远，她家正好住在我和班里另一个男同学家的中间，于是我与这个男同学成为了好朋友，经常放学或者假期的时候去男同学家一起做作业，每次路过她家的时候都会很紧张，期待与她的偶遇，又害怕不知道见面应该怎么打招呼，或者该说点什么。

记得有几次很晚的时候我路过那里，看到她家的灯亮了起来，当时街上没人，我就在她家背后看了好一会儿，猜测她在家里做什么事情。有时候看到她房间亮着的灯，我还会想她是不是也会像我想她一样在想我，转念又恶狠狠地告诉自己：那怎么可能呢？她大概根本不知道我的存在，然后悻悻地走开。她家的后面是一个池塘，视线很开阔，每次路过的时候我都倒着走路，因为这样会看很久。

就在这时候我酝酿出了这个梦想，多么希望自己变成一只壁虎能爬到她的后窗看看她。其时她也许正在看书，温馨的灯光下，她捧着一本我根本不知道是什么的书在安静地看；又或者她正在跟她的父母聊天，聊聊邻居的事情，聊聊学校的事情，说不定我还能听到她跟父母说起我呢；再或者她已经睡了，安静地躺在床上，匀匀地呼吸，美好得一塌糊涂。然后我拿尾巴扫下窗玻璃，我想她会看到我的，轻轻地走过来，跟我说点什么，就算把我轰走，那有什么呢？后来我也想过变成苍蝇蚊子之类的飞进她的家里，但想到可能会被打死又不由地惊出一身冷汗。我也想象自己变成一只可爱的小白兔或者小猫小狗，她看到会很喜欢而抱在怀里，但是总觉得还是壁虎更酷一点，并且深深地为树立了这个梦想激动了很长时间。

不瞒你们说，在那之后很长的一段时间，我几乎每天都会在课堂上看关于壁虎的资料，我清楚地知道了为什么壁虎的尾巴断了还会再长出来，也清楚地知道了壁虎靠什么在笔直的墙壁上行走自如。而同时，我越来越看不懂老师在黑板上写的是什么了，我在班上的名次慢慢降到了二十名，对此我全然不顾。

终于有一天，我背着自制的一套被我命名为"爱之壁虎"的装备来到她家楼下。昏暗的路灯下，我顺着路灯杆爬到她家窗户的位置，脚钩着路灯杆，手把在窗台上，我看到她床上围着粉红色的纱帐，书架里放着几个可爱的娃娃，桌子上放的是上午老师布置的作业，旁边的杯子还在冒着热气，我想她大概很快就回来了，很快就可以看到我，跟我轻轻地说几句话然后轰我走了。时间过了好久，她一直没回来，我开始低头研究我自制的装备，我沾沾自喜地以为已经成功了，并在心里暗暗佩服自己，然后我钩在路灯杆上的脚忘情地松开了，不出所有人预料，我重重地摔到了地上。

后来，我在她家门前遇到过她几次，但是从来没有说过话。跟她说句话的愿望保持了很久，直到我们已经上初中的那年，她入团了我还没有，经由同学穿针引线介绍，才在她家门口以借入团申请书的名义做了简短的沟通。那次我接过入团申请书非常虚伪地夸了她的字好看，然后互相都没有话说，非常腼腆又尴尬地站了一会儿，就告辞离开了。

十七岁那年秋天我做过一个梦，梦见我们结婚了，剧情是公主在全国海选招驸马，而我并不知道公主是谁。我阴差阳错进入选亲现场二楼阳台，碰巧遇见她，看到她站在阳台边缘，一个人发呆，我以为是有什么想不开，就把她拽了回来。知道是误会后简单和她说了一会儿话她就离开了。后来公布选亲的结果，说我被选上了驸马，我非常意外，正想怎么解释说自己已经有心上人了，但是当看到公告说她就是公主的时候，我高兴得热泪盈眶。这个梦特别清晰，我醒来就把它记录在了一个密码锁本子上，保存至今。

梦想总是纯洁的，而现实中的我们并不能像想象中的自己那样守身如玉。后来我跟一个追求我的女孩谈起了恋爱。再后来就分手了。这期间我一直喜欢她，但是我还是边喜欢她边又跟别的女孩子来往，有时候我也不是很明白自己，有些事情至今无法理解。

高中的时候我看过一些文艺书籍，做过与她有关的梦境就是这样的了：我穿着中山装，围着一条白围巾，推着一辆飞轮自行车，前车筐里放着几本文学书。她跟我并排走在一起，时间已经是秋天，两边的白桦树哗哗地落叶，地上已经落了厚厚的一层，多得来不及扫，我们走在上面，咯吱咯吱的，很有质感。梦境就是这样一个片段，我们不知道自己从哪里来，也不知道自己要到哪里去，就这样一直走。有时候我真的希望这是真实的剧情。

高中后，我们上了不同的学校，彼此之间似乎再没有交集，直到高考前几天，我实在忍不住就给她写了一封信，我已经忘记写了些什么，但是应该没有直白地表达爱意。当天下午我就收到了她的信，我感到非常意外，虽然我们彼此在一个城市，但是信件来往还不至于这么发达。我小心翼翼拆开信件，看了之后才知道，这并不是回信，而是主动写的一封信。信上也同样说了许多无关紧要的话，我记得最后她说，她要考北京的学校，也希望我能去那里。

再后来我们都没有达成自己的愿望，各自开始各自的生活。我其实常常会想不知道在人生剩下的日子里，她会以怎样的姿态出现，会在我病入膏肓的某年来到我的床前轻轻地跟我说几句话，也许还会握着我的手，还是会来参加我的葬礼，又或是什么都没做，只是在家缝衣服，听到我离开人世的消息时针不小心扎到了指头上？

以后我每次遇到喜欢的女孩都会说，其实人不可能一辈子只喜欢一个人。我这样向对面的女孩坦诚告白，也是用这句话自赎，当然也因为这句话吓跑了很多女孩，错失了很多机会。这些我都不后悔。

　　只是我时常会想起这样的画面——一个月亮初上的晚上，夏虫低鸣，月亮倒映下来的明亮的池塘边，一个少年咬着嘴唇站在那里，看着对面窗户里的灯光，想象着自己如果变成壁虎或者别的动物会怎样。

青春若有张不老的脸

　　向东的父母都在国外，他不想跟随父母出国，于是大学毕业后在自己家附近开了一家书店。向东有一个做大学老师的漂亮未婚妻。生活很普通，也很平静。

　　向东从小就喜欢探险，有段时间他喜欢上了攀岩，经常到山上攀岩。向东的未婚妻也很忙没时间照看书店，于是向东决定找一个人来打理它。

　　一个女孩来书店应聘，高兴地跟向东说她的病治好了，她在这所城市上大学。向东一时间想不起来她是谁，向东的未婚妻刚好从外边进来，很有缘的是，女孩是向东未婚妻的学生，向东的未婚妻就跟他说："老公，这是我的学生，叫遥远。"于是向东把女孩留在了店里做周末兼职。

　　遥远从那天开始，每个周末到书店上班，可她几乎终日沉默。有时候，不是周末的时候她也会来，也不提多要工资的事，倒是向东经常会多给她一些钱，有时候遥远推辞不过，也就收下了。

有一次向东提前从外地回来，发现未婚妻竟然和别的男人在自己的家里缠绵。他羞愤交加，扔掉了所有准备结婚用的东西，日日酗酒，变得狂暴易怒，连家人都疏远了他，生意更是无心打理。不久，他就大病一场。那段时间里，遥远一直守在向东身边，照顾他，容忍他酒醉时的打骂，更独立撑着那片摇摇欲坠的小店。而且每天还要在店里完成学校的作业。

遥远累得骨瘦如柴，可眼里总跳跃着神采。

半年之后，向东终于从阴影里走出来。对遥远做的一切，向东非常感激。他跟遥远说自己不需要钱，这家店送给遥远，愿意留愿意卖都随便她。可是遥远执意不要，最后向东只好宣布遥远是一半的老板。

在遥远的帮助下，向东又慢慢振作了精神，他把遥远当作是至交的好友，掏心掏肺地对她倾诉，她依然是沉默地听着。向东不懂遥远在想什么，他只是需要一个耐心的听众而已。

这样又过了几年，遥远毕业了。向东也交了几个女朋友，都时间不长，向东跟遥远说他找不到感觉了。遥远也一直是单身，向东发现遥远还是很漂亮的，也不乏追求者。他笑遥远心高，遥远只是笑笑。

向东依然喜欢爬山和攀岩，每次心情不好，向东都会叫遥远陪他去爬山。有一次爬山，向东在一块儿很陡的巨大山石上攀岩掉了下去，医生说向东会变成残废。

向东坐在医院窗前的轮椅上，呆呆地望着对面的窗户。院子里几棵树上仅有的几片枯黄树叶，摇摇欲落地跟秋天告别，准备扑向大地迎接冬天。遥远跟向东说，不用怕，一定会治好的。

向东的父母回到中国，把向东接走了，他们说国外可以治好他的腿，遥远非常开心。向东走之前，把店里的一切正式交给了遥远。这一次，遥远没再反对，她说："我为你保管，等你回来。"

向东的腿在国外也没有完全恢复，但可以自己走路，只是稍微有些跛脚。向东留在了国外，帮父母打理餐厅。向东经常跟遥远打电话，遥远说我们还是写信吧，我喜欢写信。于是向东写信跟遥远说，在异国他乡漂泊的日子很苦，可是在这苦中，他却拥有了开阔的眼界和胸怀。过去种种悲苦都云淡风轻，他觉得无论疾病或健康，贫穷或富裕，如意或不如意，都已改变不了他的心境，他还特别感谢遥远在那段灰暗的日子里对自己的照顾。

向东在国外娶了老婆，并开始学习设计，而后东奔西走地游学。那些年遥远的信总是跟在他身后，只字片言，轻轻淡淡，却一直温暖。

又过了三年，向东想是时候回去看看了。回到自己的那家书店的时候，向东为遥远的良苦用心而感动。无论是家里还是店里，他的东西一直好好保存着，连位置都未曾变过，仿佛随时等着他回来。他大声叫唤遥远的名字，却无人应答。书店已经换了新的店主，是一位看上去忠厚老实的中年人。

中年人告诉向东："遥远得了一场大病，去世已半年了，她给了我一大笔钱，我按她的吩咐，一直注意你的行踪，把她留下的几十封信一一寄出。她说这家店是你的，让我为你管理店里的事，给你收拾房子，等着你回来。"

他把遥远的遗物交给向东，一个蜻蜓的标本，还有一卷录音带，是她的临终遗言。带子里是遥远回光返照时宛如少女般的轻语："我……治好腿……以后，可以嫁……给你吗？"

有一个叫遥远的女孩，生活在一个遥远的城镇。遥远从小腿脚不利索，上学时经常自己一个人坐在教室里看窗外别的孩子玩，很孤独。女孩上三年级的那年夏天，学校来了一群交换生。其中有一个比女孩大五岁的初中生，他叫向东，很快和一群孩子打成一片，带着一群孩子爬山，跳水，晒得很黑，笑得很开心，跟别人不同的是，他注意到了坐在教室里的遥远。

向东把捉到的蜻蜓放在女孩的手心，把女孩背到了河边，对着女孩讲起了故事，而且向东告诉遥远，她的腿一定可以治好。女孩握着那只蜻蜓，难得的有了笑容。夏天要结束的时候，向东要离开了，遥远眼泪汪汪地送向东，还在向东耳边小声地说："我治好腿以后，可以嫁给你吗？"向东点点头。

向东记起了那个脸色苍白的小女孩，也记起了一个小姑娘善良的承诺。抛去三十年的岁月，向东像孩子一样号啕大哭。

一个叫遥远的女人，用一辈子表达了遥远的一句话。

暗恋

十九岁的任乐乐得了一场病，需要做手术。住院的时候，她还不知道那个男人就是自己的主治医生，只以为是个值班的。但也许那是人天生就有的一种情感，任乐乐第一次见到他就有特别的感觉。她每天早上都期待医生们来转病房，希望看他一眼。他为任乐乐检查时，要看她的眼睛，她也会看他的眼睛。

男医生个头不是很高，戴一副金丝眼镜。不管是他正常上班还是值夜班，只要任乐乐在走廊里看到他，脑子里就会想：他有多高啊，不知道他有没有结婚。任乐乐认真盯着走廊从墙根贴上来的瓷砖，等男医生走开了，自己偷偷地从病床上爬起来，站在墙边用手一拃一拃地量，量完她会数从下到上有几块儿瓷砖，估算他的身高，然后再偷偷地用手量量自己，看看自己和他配不配。

有一天，病房有人议论他都快三十岁了还不结婚，有人说他在农村早都结了，要么他太挑要么别人挑，就是高不成低不就那种。女孩儿听着很开心，她在心里计算，他什么时候初中毕业，上医学院多长时间，做医生做了多久。她还想他会找个什么样的女孩儿做老婆，他应该喜欢什么样的。这些都是任乐乐自己想的，他们并没有询问病情之外的任何交谈。

有一次，任乐乐的妈妈陪她去医院后面的街上洗澡遇见了他，但他没看到任乐乐，任乐乐心想，他家应该在这附近。

任乐乐做手术之前的几天，他天天去。这个手术医院是第二次做，只有指定的护士和主任可以去，主要是怕人多感染。手术前两天的半夜，他听说任乐乐肚子疼，用什么药都不行，特意来看她。这次，任乐乐和他聊天聊了很长时间，任乐乐肚子疼得厉害，什么也吃不下喝不下，但他来了任乐乐特别高兴，甚至忍住不喊疼好再多跟他聊一会儿。后来护士喊他走，因为不能在里面待太长时间，他走的时候说明早再来。之后的几天，他常来，要么在窗口让任乐乐拿起电话说几句，要么进来一小会儿。

手术后的半个多月，任乐乐好几天都没看到他了，于是她向护士问起自己的主治医生。护士和躺在病床的任乐乐说，他要结婚了，你好好养病，等好了还可以去参加婚礼。任乐乐并没有太伤心，她只是想，那个女孩儿怎么样，是不是也有一份稳定的工作，是不是很漂亮，如果条件都符合，那他们俩真般配。

任乐乐出院后，自己去医院检查过几次。第一次去的时候，她想，会碰到他吗？她很希望能碰到，但没能如愿。那天，她在医院门诊楼的旁边站了很久，在医生的简介栏里看他。

有一次任乐乐去上班，路过商场碰到了他。他骑着电动车，还戴着那副金丝眼镜，任乐乐并没有和他打招呼，但她很高兴。她在空间里写：今天碰到某某了，很开心。

任乐乐家里的一个蓝皮本上，爸爸留了医生的电话，有时任乐乐想着存到手机里，只是不知道他还用不用这个号码。她想，如果自己主动和他发节日祝语并注上名字，他会回吗？如果自己打电话跟他说点儿什么，他会怎么看自己？他们会不会有什么呢？可是任乐乐知道，他们不会有什么的，自己也不会那样做，不能破坏别人的家庭，自己和他老婆同为女人，女人何苦为难女人。

任乐乐经常会翻那个蓝色本子，也经常看到那个号码，但她还是没去存。只是在翻本子的时候，她会想起在医院他在床卡上写自己名字时认真的样子，她很喜欢。不过那时她心里想的是，他会在乎自己是病人吗？

任乐乐渴望爱，却又害怕爱。任乐乐或许就是每个人。

每个人总有一段无处告白却刻骨铭心的感情，而实际上那甚至不算是感情，因为根本就没开始。以前任乐乐告诉自己，喜欢一个人就从始至终，可最终她发现，生活中不是这样。任乐乐慢慢地长大，慢慢地她也终于理解，不是非要发生过什么才算是爱，也明白了他虽然和自己生活在一个地方，但只能各自过着各自的生活，永远不会有什么发生。

任乐乐过着自己喜欢的生活，不会刻意去想他，有时也许半年都不会想起，又或许因什么突然想起，就再从头到尾想一遍。

爱的万花筒

杰子在一家外企上班的那段时间，认识了谢双双。

像杰子这样傻不拉叽刚毕业的刺头，混一个外企人事专员特别不容易，公司里全是人精，杰子特别不适应，而且刚到公司也没有朋友。整个人力资源部门的同事大多都是些已婚的，只有谢双双单身，而且跟杰子年龄相仿，所以杰子跟她还算能说得上话。

杰子在那家公司只待了三个月不到就辞职了，走的时候没有欢送会散伙饭什么的，只是晚上谢双双叫杰子去她家吃饭，杰子借口要回家看爸妈给推掉了，后来中间好几个月也没什么联系。

大概半年后的一个凌晨5点多，杰子突然接到谢双双的电话，口气特别痛苦。杰子当时挺烦，想着都礼拜五了这时候打什么电话，啥事就不能等明天说，于是语气不耐烦地问她干吗。

谢双双说："我快生了，你能不能开车来接我去医院。"

杰子当时就惊呆了，然后她在电话那头痛得不停叫。杰子跟她要了地址，也没敢找他爸要车钥匙，打车就去了。

礼仪

英国人缓缓地拥抱
中国人郑重地握手
西班牙人轻轻地亲吻

火把倒下，火焰依然向上。

　　你不是诗人，但可以诗意地生活。如果能够诗意地生活，那你就是诗人。

　　谢双双开门以后，弯着腰，脸色痛苦，穿了件宽松的连衣裙，没穿外套，要不是知道她怀孕，杰子压根看不出来，她瘦瘦的，套着那衣服跟穿着居家服没什么区别。杰子进卧室一看，床上大大小小四个包，里面全是卫生纸啊，卫生巾啊，毛毯啊，奶粉啊什么的。

　　杰子问谢双双，孩子他爸呢？谢双双让杰子赶紧把她弄医院去，疼到不行了。杰子就拎着大包小包爬了三趟三楼，坐出租车上师傅问他们是不是去医院看亲戚，压根儿没看出来她要生了。杰子没敢吱声，呵呵笑了一声。

　　到医院医生要填单子，需要家属签字。医生问谢双双："老公呢？"她说没在。"家人呢？"谢双双大口喘着气说："你就跟我说需要什么手续，我没力气讲话。"然后医生说家属签字谁来签，她说我自己签行吗，医生说不可以。然后又问谢双双，杰子是她什么人，她看看杰子，没说话。杰子接过来说我是她表哥，然后杰子就帮她签了。

　　谢双双 8 点 20 分进产房，杰子就在门口等她。杰子头一回知道女人生孩子的痛是一阵一阵的，听谢双双惨叫连连突然不叫了杰子就特害怕，以为她出了什么意外，杰子当时想的不是她出意外了自己签的字怎么办，而是怕两条命就在自己身边没了。

　　中午 12 点 10 分的时候孩子落地，生了一个八斤三两的男孩。医生跟杰子说八斤三两的时候显得很兴奋，杰子就问八斤三两代表啥。医生说健康，有些三四斤的孩子就不太健康。只是杰子一直想不明白八斤多的孩子为什么谢双双穿个大衣服就看不出来了。

　　谢双双在医院住了一个礼拜，孩子的东西没买全，杰子去母婴店里帮她买奶瓶跟小衣服，价格高得吓死人，一个破奶瓶 175 块钱。杰子工资本来就不算高，还花了一千六百多给孩子买东西。谢双双住院没人陪床，晚上孩子换尿布，哭了饿了都是她一个人，也没人给她买饭，自己手头也不宽裕，医院的小护士帮她带，病房里其他两家人自己做的汤也分给她。

　　杰子只有每天下了班才能去帮她买吃的，然后等她吃完收拾完，陪她聊一会儿再回家，杰子爸妈一直都不知道杰子干了这么件事儿。

　　在医院的时候，谢双双跟杰子说了关于她跟那个男人的故事。他们是在一个展会上认识的，那男人是一家公司的老板，有个还算完美的家庭，有一个 8 岁大的女儿，在一起的时候那男人就跟她说过不会离婚。谢双双表示不会逼他离婚，两个人好了一年多，那男人的老婆知道了这件事，于是找到谢双双。那个据说气场强大的女人在星巴克扇了谢双双一巴掌，留下一句"知道我为什么打你吗"就走了。

　　谢双双跟那男的说了这件事儿，那男的就告诉她断了吧，然后就这么断了。那个男人的老婆是做家居的，常年在深圳，两口子聚少离多，这事儿之后那个男的也经常待在深圳不怎么回北京了。在他们断了一切之后谢双双怀孕了。起初她不知道，她例假一直不准，买试纸验的结果也是没怀孕，然后连续三个月没来，她去医院，医生跟她说她怀孕了。谢双双尝试找那个男人告诉他这件事，也找到了，并且他老婆就在旁边，还没等谢双双说完就让她自己去打掉。

　　杰子也不知道谢双双是怎么想的，非要生下来。后来谢双双也没跟那男人联系上，孩子办出生证明的时候要孩子他爸爸的身份证，也是各种艰难。孩子满月之后，杰子在谢双双家吃了顿饭，问她要去哪儿她没说，问她以后有什么打算她也没说。杰子问她打不打算带回去告诉父母，她说自己没有父母。谢双双走了，走的时候杰子送谢双双去车站，她跟杰子说以后尽量别找她。虽然不理解为什么要这么做，但是杰子也的确很少找她。

　　三年后谢双双来找杰子，给了杰子 10 万块钱，还邀请杰子参加她的婚礼。杰子得知，谢双双生活得很好，自己开了家公司，还找了一个不错的老公。那个男人在谢双双生完孩子之后不到一年就因为癌症去世了。谢双双的儿子继承了一大笔财产。

　　谢双双走之前告诉杰子：那个男人的病，她很早就知道。

日出

　　正值期末考的前一周，来图书馆复习的人很多。李婉一大清早就和室友早早地来到图书馆占座。翻开高等数学的笔记看了两页就开始打起了哈欠，因为昨晚和男友赵斌打电话到午夜两点。此刻一想起那个人，又免不了低下头，脸上泛起甜蜜的笑意。索性塞上耳机听听歌吧，李婉心想等进入状态了再看书，才能事半功倍。

　　那天下午阳光很好，一楼透明玻璃窗外的芭蕉叶长得格外茂盛，让每个穿过走廊去饮水机接水的人都要禁不住多看两眼。李婉是被赵斌的电话吵醒的，她不知道她竟睡了这么久。所以当她一边睡眼惺忪地抓起手机往室外跑，一边朝窗外看的时候，悲剧发生了。她不慎被地上的电源线绊了一下，电源线牵动着电脑旁边的水杯眼看着就要落地的时候，李婉以惊人的速度扑过去想要接住那个杯子，没成功，反而被里面的咖啡泼了一身，她条件反射般发出轻声的尖叫，更是引来整个自习室的目光，那样子别提有多狼狈了。此情此景下，她居然还注意到了电脑的主人用的是台白色的索尼，是她去年过年时非常想买的那款。

　　"同学，你还好吧？"电脑的主人蹲下身想要扶李婉。李婉尴尬地摆摆手站起来说："我没事，不好意思啊。"说着指了指地上的水杯，电脑的主人笑了笑，然后递过来一包纸巾。李婉接过后轻声说了声"谢谢"，然后就回座位收拾好书包走了出来。拿出手机一看，电话居然一直没挂断，是啊，他从来不会先挂电话。李婉心里一暖，赶紧戴上耳机开始抱怨今天有多倒霉。

　　李婉和赵斌是在高三下学期谈的恋爱，也算是赶上了早恋的末班车，高中毕业时的散伙饭上俩人还当着班主任的面秀起了恩爱。如今虽然相隔近两千公里，俩人仍和热恋时一样有说不完的话，每天分享着彼此的生活点滴，坚持着不被所有人看好的异地恋。

　　说来也奇怪，之后去图书馆复习的几天，总能碰见那个电脑的主人。不知这算不算是一种心理暗示，因为有了"图书馆事件"，这个人给她留下了深刻的印象，所以人群里自然而然就能注意到他了。这天下午李婉坐在一层自习室的外面背单词，眯着眼睛口中念念有词，忽然一个人影挡在面前。"这么用功啊，学妹"，电脑的主人端着水杯说道，"这次我可没招你啊，你该不会是专程要来泼我的吧"。李婉也俏皮地回了一句。她一开始还微微自恋地想，这人主动跟自己搭讪是不是对自己有意思啊，自己可是有男朋友的人。心里这么想着，干脆就以开玩笑的方式问了出来。电脑的主人说："你想太多了好吗？我也有女朋友啊。"于是本来寒暄过后可能就不会再有交集的俩人居然以此打开了话匣子。经初步了解，这位电脑的主人是高自己一届的学长，陈嘉言，来自那个传说中男女比例是 16:1 的机械饿狼系。最关键的一点，他居然也跟自己一样，正谈着苦逼的异地恋。

之后的复习日李婉和陈嘉言直接就挪到了同一桌，李婉正愁期末考大学物理要怎么才能过线，新认识的学霸陈无疑帮了她大忙。暑期李婉回到家，上教务系统里查分，大学物理 63，简直高兴坏了。一个电话过去表示下学期回学校一定要请他吃饭当面致谢。这个暑假可真是美好啊，她和赵斌一个学期未见，此时恨不得天天黏在一块儿，故乡的小城到处是两人亲密的身影，涌动的脉搏和用力到发疼的亲吻，还有星空下掷地有声的约誓。

新学期又来了，李婉和赵斌在火车站依依惜别。临走之前有那么一个瞬间，李婉很想告诉赵斌她和那个害她倒霉的电脑主人认识了，还成了朋友。犹豫再三觉得还是不要说起比较好，怕他多想，能少一事算一事，自己问心无愧足矣。毕竟对异地恋情侣来说，最重要的莫过于全然的信任。返校后，大二的课程骤然多了起来，李婉的三个室友找的也都是校内的男友，李婉依然习惯于独来独往，每天夜里回来的时候抱着沉甸甸的一堆书，想念着远方的赵斌。年轻的人们总是怀着一股子热忱，坚信所有的誓言都会实现。再过三年她就要回到她原本生活的城市，和她爱的人组建一个温馨的小家庭，幸福地生活一辈子。

秋末的时候班级组织了一次秋游，全班同学集体搭着帐篷去海边住一晚，一起烧烤看日出。李婉当初填志愿选择来到这个城市，很大一部分原因正是出于对海的向往。兴奋的李婉在人人上更新了一条状态——"明天要去观音山露营，第一次在海边看日出，好激动！"不一会儿右下角就弹出了一条回复——"陈嘉言：不是吧……又这么巧。我们班也去。"

第二天抵达海边，果然不远处的沙滩旁已有一个班级在那安营扎寨了。饿狼系学长们看到一大波学妹靠近，自然不会放过此等好时机，于是此次露营俨然成了一次大型联谊会。深夜时情绪亢奋的人们依然没睡，有在暗处窃窃私语的情侣，有拿着啤酒一起吹牛的弟兄，还有凑在一起玩三国杀的男男女女。

李婉光脚在海滩上走了好几个来回，看到陈嘉言从不远处跑来。他说："刚刚还不确定是不是你，都一点了怎么不去睡觉啊？"李婉说："等日出啊。""晕倒……那也不至于现在就开始等吧。""我怕我一睡就睡过头，干脆不睡了。"陈嘉言说："哈哈，不会的。你先去睡吧，我一会儿可以叫你。""还是算了吧，我之前在帐篷里躺了下，里面又热又闷。这里海风吹着舒服多了。"陈嘉言说："那我陪你聊聊天呗。"李婉不好意思地笑笑，说："好啊。你最近怎么样？""我啊。最近不太顺利，毕竟大三了，这个学期过完就要考虑实习的事了。我是想毕业直接去工作，女朋友准备出国，她因为这事儿跟我闹情绪呢。"李婉说："啊，那怎么办啊，你们以后不就成异国恋了？"

这一晚，两个人聊了很多，从理想聊到未来，更多的是关于异地恋的一些困惑。人们总是以为未来可以完全按照自己的想法发展，其实不然，恋人除了感情本身以外还存在太多难以调和的矛盾。有那么多异地恋人们无法走到最后的原因不是因为他们不再相爱，而是因为彼此在不同的环境里成长，对未来的要求也变得不再一致。于是曾经一起规划好的将来又变成了两条无法交叉的平行线，只能抱憾分开。

聊着聊着，天色渐明，李婉和陈嘉言都默契地不再说话，静静地看着太阳从海平线上一点一点地跃上来，把厚厚的云层边缘染成灿烂的金色。就像即将破壳而出的生命，鲜活而磅礴地在云层后涌动，直到第一束耀眼的光芒穿透一切抵达大地，为万物赋予属于他们的色彩，此前的黑夜已经荡然无存，湛蓝而广阔的海面波光粼粼。他俩相视一笑，那个瞬间，世界寂静无声。李婉后来回忆起那次日出，想着世间如此美景，也难怪当时那个与你一同见证的人，会成为后来特别的存在吧。

这个海滨城市似乎只有夏天和冬天两个季节。季节转换的速度之快令人咋舌，似乎今天还能穿着短袖在外溜达，明天随着台风而来的冷空气就直接宣告了冬天的到来。于是对季节丝毫不敏感的李婉在换季的时候得了一场重感冒，彼时远在他方的赵斌已经像陈嘉言一样忙于毕业前的实习，他读的是大专，要比李婉早一年毕业。

当李婉在医务室挂着吊瓶给赵斌打电话时，赵斌并没有听出她浓重的鼻音，只说自己最近忙于各种事情好累好烦就匆匆挂了。李婉心下委屈，却又不愿再明说此事增添他的烦恼，何况说了也无法见面，只显得自己矫情罢了。反倒是陈嘉言，一看到李婉发的可怜兮兮的状态立刻下楼打包了一份午饭带到医务室来。李婉看到陈嘉言的一刹那，说不感动是假的。

　　"这下又欠你一个人情了，病好了一定请你吃饭！""暑假你还在老家的时候就说要请我吃饭呢，果然贵人多忘事啊。""哎，好了我错了，这次一定请！"两人有说有笑，难挨的吊瓶时光也显得可爱了不少。

　　之后的时间，李婉和赵斌的感情似乎走入了瓶颈期。是啊，马上就要整整两年了，就像是所有的情话都说尽了，两人打电话的时间渐渐从原来的一小时变为十分钟，也远不如以前频繁，各自交代一下生活近况便作罢。赵斌状态底下偶有陌生姑娘的留言，似乎是实习的地方认识的新朋友。李婉问起时赵斌只说让她不要多想。李婉的生活仍是一如既往地平淡。

　　转眼又到了期末复习阶段，李婉那段时间真是忙得团团转，之前为了避免自己太闲导致胡思乱想，干脆多选修了几门课。结果到了期末直接傻眼，那天复习完回宿舍的路上，李婉掏出手机一看，才意识到整整三天了，她和赵斌竟然没有一条短信一通电话。是从什么时候起的呢？每次主动联系的人居然都成了自己。她在文字输入框里反复输入了好多次又删除，倒看他什么时候能想起她来，李婉赌气地把手机扔回了兜里。

　　终于，又过了三天。赵斌终于发了条短信来问："最近还好吗？"正在图书馆复习的李婉的怒气值已经到达了顶点，当下忍不住一个电话过去，数落赵斌近一段时间来对自己的忽视，赵斌觉得李婉闹得太过。两人不愉快地挂断，开始了两年来第一次冷战。

　　李婉红着眼睛回到自习室，不一会儿，手机收到一条信息："你刚刚出去那么久，是跟他闹矛盾了吗？"李婉立刻四下搜寻，发现陈嘉言坐在后排的角落里。他冲她做了个收拾东西出去的手势，李婉点点头。两人出来后不约而同地叹了口气。"好久没见你了。你最近在忙什么啊？"李婉问。"还不就是考试和实习的事，感觉快累死了。""啊，那你跟你女朋友呢。最近怎么样？""分了。""什么？都没见你说啊。""嗯。就前不久吧。她执意要出国，而我在这边也刚得到一个不错的实习机会，商量了很久我俩决定和平分手。等完一个三年，接下来也不知道会是多久，她说她累了。"

李婉忽然陷入了一种无法自拔的悲观里。想要安慰陈嘉言，却不知如何开口。倒是陈嘉言率先打破了僵局，说："我毕竟是个男人，哪会像你们女孩子一样哭哭啼啼的。不如我俩去一醉解千愁吧！""好！"

那天晚上李婉絮絮叨叨说了很多话，那些一个人在这城市所受的委屈和她内心的坚持。也许是酒精的助力，也许是太久没有可以倾诉的人，到最后李婉开始毫无形象地大哭。陈嘉言背着烂醉的李婉到她宿舍楼时，安慰性地抱了抱她，替她擦干脸上的泪，说："乖，别哭了。好好回去别让我担心。"

第二天李婉睡到下午四点才醒来，头痛欲裂。想起昨晚的事真是尴尬不已。手机未读信息里还有陈嘉言的一句："醒了吗？"她知道她和陈嘉言之间并没有什么，酒精坏事，以后坚决不喝了。但她就是觉得有些无法面对他，以及赵斌，像做了件亏心事。

她想起《欲望都市2》里的女主角，在异国街头遇见了曾经的挚爱，两人晚饭时情不自禁地拥吻了对方。最后女主角决定向她的丈夫坦白这件事。当时身边好友没有一个赞同，觉得这件事她自己埋在心里就好了，说出来绝非明智之举。此时的李婉却忽然明白了那种心情，倘若不说出来，这件事一定会成为今后的隐患。她一定要向赵斌坦白，何况她与陈嘉言之间并无暧昧，她打电话给赵斌说了一切。赵斌在电话那头呵呵冷笑，说了句"那你跟他在一起去啊"，然后挂断。

所以生活毕竟不是电影，她不是欲望都市的女主角，赵斌也不是善解人意的 Mr.Big。这件事令两人僵化的关系进一步恶化，两人吵架的结果就是赵斌会神经质地问"你最近对我这么冷淡是不是已经有新欢了"。这种不断质疑和试探对方的关系终于令两人精疲力竭。这一年放寒假回家，赵斌没有去车站接她，两人正式分手。

进入大三，更加繁重的学习几乎占满了李婉所有的时间。失恋的那段时间她彻底放弃了社交网络，不再像以前一样频繁地更新状态。当然，也没有再联系陈嘉言。不过要找到李婉实在太过简单，所以当她被陈嘉言从图书馆拎出来的那一刻，感觉就像鸵鸟终于抬起了困在沙子里的头。

两人坐在饭店小包间里，陈嘉言说："你这人还真是没心没肺。几个月没见你，信息也不知道回。"李婉低着头不出声。陈嘉言又问："怎么一副失恋的样子，有什么不开心的事跟我说说啊，你这样总憋着不好。""来，给哥笑一个。""我没事。"李婉说完又低下头。"算了，一会儿跟我去看演唱会吧。我好不容易回学校一趟，给个面子？"

　　去了才知道是那个声线沙哑，总顶着一副爆炸头，看似玩世不恭的人的演唱会。那是李婉喜欢了很多年的人，说过很多次想来都没有机会。都到了这地步，再后知后觉的人也能明白过来了。其实人与人之间本没有那么多巧合，你以为的巧合也许正是他人精心设计的遇见。这一刻的音乐是那首李婉听过了千百遍的前奏。此时场馆里忽然响起排山倒海的合唱声，陈嘉言忽然很轻地在李婉旁边说了一句话，她没有听清，于是她大声地反问："你说什么？"陈嘉言没有回答。只加入了万人合唱："愿意——在角落唱沙哑的歌，再大声也都是给你。请用心听，不要说话。"李婉毕竟是个聪明的女孩，这样的暗示她怎会不懂，只是她还没有从旧爱里走出，所以选择视而不见。演唱会结束后陈嘉言送她回学校，李婉感觉到他的欲言又止，最后也只是拍了拍她的肩膀说："上去吧，春天还冷，以后晚上记得多穿点。"

　　又过了半年，那天这个城市忽然发生了一件轰动的新闻。有个绝望的自杀者带着一箱汽油烧死了整整一车人，而那天，李婉恰好打算出去逛逛。出事以后，所有人都在密切关注此事的动向，戴着耳机上网的李婉没注意看手机，一拿起发现有陈嘉言的十几个未接来电，他说："你干什么去了？怎么不接我电话，我刚刚都吓坏了！下午你跟我说要出去逛逛我就生怕你在那辆车上。还好还好。你没事就好了。"听着他紧张的唠叨，李婉忍不住在电话这头笑出了声。挂断后她给陈嘉言发了一条消息，"那天晚上我骗你的，其实你说的话我听到了。现在我想告诉你，我也是"。

　　是该放下过去向前走了，李婉想着，习惯了这个城市的海风，还有一个总在暗处关心自己却又过分含蓄的人。人们总说，异地恋终究会败给距离。不过还好，时间会给我们新的选择。你看，有时候日出也会发生在人的心里，不过和海边那场日出有所不同的是，只要心里洒满阳光，所有的秘密就都会重现天日。比如一段很短的对白："我喜欢你"，"我也是"。

chapter 2

含着泪我一读再读，却不得不承认青春是一本太仓促的书

青春是再回首，

年轻的我和你，

都如云影般淡去。

但那光影的热度，

却还能在黑暗的时刻，

无数次地温暖着你我。

法克的世界

我有一个朋友叫法克，当然这是个外号，但大伙儿都这么叫。

2008 年冬天，法克开始住在我家。法克跟一个叫思思的姑娘在一起，思思是个黑妞，法克说思思很可爱，还解释说可爱不是因为思思的娃娃脸，是因为性格可爱。这个问题上法克有法克的原则，他说 1.5 米的女孩儿也可以有好身材，这是说性感与身高无关；河东狮也可以叫性格好，这是说性格好不是指毫无主见。诸如此类。法克是个怪人，他一直活在自己的世界里，不过他坚信他的世界里还有其他人，总有人会愿意跟着他在他的世界里瞎转悠，思思就是。至于我是不是他世界里的人，我也不知道，但是我很信任法克。

北京的冬天特别冷，在街上等红灯的时候，思思一直把头往法克怀里拱，法克就因为这个和思思分手了。她说思思力量太大拱得他站不稳，很担心哪天被拱倒在地。我心想，法克。

思思跟着法克在他的世界里瞎转悠了好一阵子，情侣间的小秘密他们都经历过，但法克说这代表不了什么，这个社会最靠不住的就是肉体关系。但我还是感觉法克有点儿失落，也许是我习惯了伤春悲秋。当我看到路边乞讨的人时，总会拿些零钱给他们，不知道这是不是我善良的体现，甚至这是好事还是坏事我都不知道。

事实上我认为法克和思思分手以后，一定是有些失落的。这是一种习惯后的不习惯，比如冬天的时候站在路口等红灯，法克总是在晃动身子，似乎思思还在他胸前蹭来蹭去似的。法克跟思思是有爱情的，甚至可以说法克很爱她。我觉得他们两个很般配，可最后还是分开了。这个世界很奇怪，有些人明明看上去那么不像情侣，可是他们却一直都好好的，而有些人明明看着就该在一起还是要分开，更奇怪的是分开了还不知道为什么要分开。

自打我开始写作，写得越多就越不愿意说话，习惯于用文字表达我的想法和感情，而法克是个话唠，所以我怀疑我和法克到底是不是一个世界的人。总之，我很信任法克，就像法克信任我一样。

2009年冬天，法克带我去看演出。法克跟我一样根本听不懂乐队在唱什么，都是外语。但法克觉得这很牛，法克认为他做不到的就是非常牛的，这是个听起来很荒谬的理论，但不得不承认很多人都这样想。

那乐队主唱是个女的，长什么样我都没看清楚，因为离舞台太远。只看到乐队的贝司手，吉他手，鼓手三个男人在疯狂地扭动着身体，疯狂地玩弄着手上的乐器，只有主唱安静站在舞台中央旁若无人地唱着。

法克一直跟我说话。

"你看，小聪长得漂亮不？"

"谁是小聪？"

"就是那个主唱。"

"我看不清，你能看清吗？"

"我也看不清，但我知道小聪很漂亮。"

我不再说话，但法克还是不停地在说话。

"我一个朋友的朋友认识她。

"你觉得她身材怎么样？

"她好像有男朋友了，是个大款！

"你看那个鼓手多傻。

"你看贝司手跟个疯子样蹦跶啥。

"吉他手怎么跟木匠拉锯一样。

"我觉得还是小聪好，你听她嗓音多好听。"

"你怎么这么欠啊！"我看了他一眼，朝他吼了一声。

旁边的人齐刷刷地看着我们俩，法克嬉皮笑脸地对着周围的人说"不好意思，不好意思"。

我转身走到一个角落去抽烟，其间吉他手弹错了两个音，贝司手离开了一会儿，估计是去厕所了，替他的是个瘦弱的女孩，一样看不到长什么样。鼓手到后台接了一个电话。这真不是个什么正规的演出，露天的舞台上什么都在发生，可是在小聪看来，好像什么都没有发生，安静地用她的方式向观众表达她的理解。法克也是聚精会神地盯着舞台，比台上的人还认真。

演出结束后，法克跟我说，在小聪唱歌期间，他仿佛去过一个村庄。那种站在高处看像用水粉笔把砖红的色块整齐摆在褐色的纸上的村庄，村庄很安静，他一个人在里面过着他喜欢的生活，渴了喝清澈的溪水，饿了从身边抓只鸡烤着吃，闷了就调戏地上的蚂蚁。

法克确实有自己哄自己玩的能力。

法克说："我爱上那个小聪了。"

他还是打电话找了他朋友的朋友，去后台见了小聪。不过小聪的男朋友也在，就是法克朋友的朋友，那是个大款。

法克说还是得了吧。

之后法克把自己关在屋里好几天，我叫他吃饭也没动静。不过我知道房间冰箱里的食物不至于让他短时间之内饿死，所以我也不管他。

第五天，法克从房间里出来了。

他跑到我房间推醒我，说要请我吃饭。我没理他。

他坐在地板上，倚着我的床说："我真太傻了。这个世界上最不缺的就是姑娘，何必呢？我这样折磨自己，她都不知道我在折磨自己，说不定这会儿她在跟哪个男的亲热呢！"

我说："嗯。"

"你也是，我再说说你。"

我说："滚。"

"你说你整天把自己闷在房间里，写那些无聊故事，你不没事儿找事儿吗，你多少天没出去过了？要不你去死吧，死了也许就忘了这辈子的事儿了，到下边做个开心鬼。不过也说不准，你一大作家说不定死后也是多愁善感的。不行，你还不能死，等我找到女朋友你再死，要不然没人听我说话了。楼下饭店老位置你看着办吧，我先去了，朋友。"

那之后法克又开始奔波起来，四处寻找适合在他世界里待着的女人。

2010 年冬天，法克同时爱上了两个女人，他跟我说他对这两个女人都念念不忘，经常做梦梦到她们。

我说，你找人给你解梦吧。

他一本正经地说，爱情这事谁能解了。

我还真不知道爱情这事谁能解了。

他爱上的两个女人其中一个叫陈晓，长得很漂亮，看照片是这样的，我只见过照片。我一直觉得漂亮女人很不容易，她们的痛苦是很容易会被人戴上花瓶的帽子，虽然不能排除漂亮女人一样可以有内涵，但人们喜欢这么做。法克说他对陈晓是一见钟情，他总是很煽情地跟我说第一次见陈晓时的感觉，说得我都腻歪了他还唠叨个不停。

另外一个女人叫江橙，是已婚少妇。这女的我也没见过，但这个名字如雷贯耳。法克一天在我耳朵边说上百遍，我对她的了解都是从法克口中得知的。据法克说这是个美丽的少妇，在她身上兼具成熟、可爱、丰满、性感等独领风骚五百年都不止的多种美好品质，是不折不扣的完美女人。江橙有个财大气粗的老公，在这个城市有一套依山傍海的别墅。我不知道法克是怎么认识这样一个人的，但是法克却是真的对江橙念念不忘，法克每天跟我叨叨这个名字，甚至让我戒掉了我最喜欢的橙汁。

法克又来跟我叨叨这俩女人，我问法克这俩女的你想要哪个。

他说两个都想要。我说你能要点脸吗？

他说哪个都不想放弃。我说那哪个都不会是你的。

他问我你说该放弃哪个？我说我怎么知道。

"陈晓是个多么美丽善良的女子啊，她就是我心中的太阳，没有她，就是全世界的日光灯都打开我的世界依然是一片冰冷。"

"滚。"

"江橙是个多么温柔体贴的女子啊，她就是黑暗中的日光灯，没有她就是有十个太阳我的世界依然是一片黑暗。"

"法克。"

"嗯。"

"没叫你。"

"那你喊我的名字干什么？"

······

终于有一天，法克对我说："我想好了，我其实更适合陈晓，我做江橙的情人就好了，我现在就去跟陈晓表白。"

我说："好啊好啊，你说得太对了，赶快去吧。"

这个世界终于要清净一会儿了。

法克走了以后，我洗了个澡，上网打了一小时斗地主，打了四个电话，睡了五十分钟觉。

我睡醒去厕所，听到有人在走廊里踱来踱去。我推门出去，看到果然有个人，我大惊。

"法克，你怎么还在这儿瞎转悠呢？"

法克说："我现在就走。"

一个月以后，法克回来了。

楼下饭店老位置，法克很快就醉了。法克跟我说，他把江橙拿下了。我记得他走的时候明明说是去跟陈晓表白的，而且我也觉得他该跟陈晓在一起，可他现在说把江橙拿下了。我喝得晕乎乎的，法克喝得更醉，一直搂着我脖子跟我说"好兄弟好兄弟"。

最后，法克跟我说："兄弟，我得走了，离开这个城市，我爸去世了，我得回家照顾我妈我妹妹。我得走了，我不能再跟你一起混日子了，我得走了。"

然后，法克倒地不起。

就像法克说的，我们就是在混日子。我以为写作是件很有意义的事，可我发现我写这些东西也只是混日子，打发打发无聊的时间。我有太多无聊的时间了，小时候总有人跟我说一寸光阴一寸金，如果真的是这样，那我现在肯定是亿万富翁。我有大把的时间可是没人出哪怕一分钱来跟我买，所以我必须找点事儿打发了这些时间。

法克走了以后，我想，我不能再这样混下去了，我得找个正事儿做，去找个好女人恋爱，去赚钱，跟这个社会的大部分人一样买豪车，住大 house，养活老婆孩子，然后死去。可想了半天，我竟然没想明白到底什么是正事儿，或者我能干什么正事儿。最后，我决定先离开这个城市，去哪儿我没想好，只是想离开这没完没了的生活。

就在我准备离开的时候，收到法克给我发来的一条短信：袁语，每个人都有自己的世界，你也有你的世界。虽然我喝多记不清了，但我还是怕走之前跟你说了什么不合适的话，那些话只属于我的世界，所以你根本不必在意。你应该坚持写你的故事，因为你的世界就在那些故事里。

收到短信的晚上，我写了这篇《法克的世界》，以纪念法克的离去。

张扬的人生

张扬是我中学同学，人如其名。

张扬对任何事情都热情高涨，上高二的时候，张扬不知道从哪儿弄来几本摩托车杂志，随即迷上了摩托车，软磨硬泡让他爸给买了辆二手 Yamaha，当时他跟他爸说只要给买摩托车一定会考上北大，不给买他就去蓝翔技校报名学挖掘机技术。摩托车买回来之后，他天天放学后到学校后边的空地练习摩托车甩尾。一个星期后，他差点儿把自己的尾椎甩出来，于是放弃了练习。

虽然张扬没考上北大，还好也没去蓝翔技校，考了北京的一所普通大学，离我学校很近。他上大一时来找我玩儿了三次，分别看上我们学校十几个女生，从那以后就经常恬不知耻地抱着一束花来我校追着心仪的女孩子说："美女，我眼瞅着这花是从你身上盛开然后掉地上了，我帮你捡了起来。"后来体育系的几个男生因为受不了他不光来这儿抢食儿而且追女生的方式又太老套差点儿揍他，他才有所收敛。

张扬的理想是成为各个领域的行家。上大学以后，张扬本来是学中文的，偏偏对外宣称自己搞艺术，主要研究美术和摄影，当然这都是他的一厢情愿，主要的目的是赶上人家说他画得不好的时候就说那是曝光的照片，赶上人家说他照得不好的时候，他也好说是画的。

张扬有独特的恋爱观，他说真爱有很多次，前面叫人知道什么是爱，最后一次才能叫人知道怎么去爱，所以年轻时的恋爱是用来追忆的。这个神奇的理论听起来颇有道理，可最后一次是哪一次呢？不过他后来还算是谈了一场轰轰烈烈的恋爱，大二时跟一个搞摇滚的姑娘混了半个月。

其实张扬上高中那会儿就有摇滚情结，练摩托车甩尾差点儿把尾椎甩出去那次，负伤在家养了一个月，估计是听了不少摇滚乐。回到学校神神叨叨的，见谁跟谁嚷嚷，说今生注定要为艺术献身。后来发展到天天站教室门口吼："姑娘，姑娘，你漂亮漂亮，警察，警察，你拿着手枪。"直到后来被没拿手枪的校警带到办公室交流了几次后，他就再也不吼了。张扬说，他所钟爱的摇滚被那帮人给亵渎了。

从那以后他开始迷恋文学，宣扬着要用自己的文字来倾诉对腐败的愤怒，揭露人类的无知和愚昧。张扬特别瞧不起我们这些学外语的，他说这是对我们伟大中华民族十几亿人民的一种嘲弄。想当年秦皇汉武，唐宗宋祖都是世界的扛把子，想跟我们打招呼就先给我学中国话。

张扬还说，纯爷们儿应该具备两个条件：1、巨能喝；2、踢足球。他说原因是上学那会儿最受欢迎的就是踢足球的那帮人，尤其是校队的系队的，哪怕是班队的，只要上场能跑两步，就有无数姑娘为之欢呼。要是你能来个鱼跃冲顶，倒挂金钩，或者滑个铲什么的，特飒！会进球的人那就牛大了，恨不得全学校的漂亮姑娘都为你疯狂了。这帮人还很会喝酒，不管白的啤的，统统不在话下，牛二一杯一杯地干，啤酒一瓶一瓶地吹。

但是实际上，张扬并不会踢球，只会打篮球，酒倒算是挺能喝。

大二的时候，某天，张扬不知道发了什么神经，非要去踢足球，还是去人家主场挑战。学校的人没人跟他踢球，这个球队是他从外边拉进来的，是一个车友会组的临时球队，张扬这个菜瓜都能充当主力中场后腰。球队实力，可想而知。

虽然踢球不行，但嘴上功夫张扬是一流的。他还跟队长说，要给球队带来一名强力外援中锋的时候，队长乐开了花。外援？中锋？还强力！多么美妙啊。可见这是一支真诚的弱旅，知道自己很弱，其中混杂一两个不要脸的无耻之徒比如张扬这样的，实属正常。这支球队完全可以保证 11 个人全部守在自己半场，家门口常驻三至五人，但是无耻只可以帮他们少失球甚至不失球，却无法使他们进哪怕一个球。因此听到有厉害外援的喜讯，队长乐得屁颠屁颠的，豪迈地答应张扬亲自宴请，去涮一把东来顺，顺便面试一下球队新外援。

大家喝得那叫一个美。这个外援，就是我的外教老师——Spring，这位英格兰老师的名字叫 Jay Spring，我们都喊他"周杰伦的春天"，简称春天，春天老师一听说有东来顺吃，答应得很爽快。

春天其实也是毕业不久的学生，我们是他带的第一批学生。他为了吃可以放弃一切，也可以去做一切，何况是一顿不要钱的盛宴。对中国火锅情有独钟的春天老师决定去冒充"英国绅士主义站桩式中锋"。一米八几的大高个，顶着一头飘逸的金发。如果穿上运动装，还真有点儿运动健将的感觉，车友会的足球队长，就成功被唬住了。

作为外国友人，春天老师坐下就毫不含糊咣咣咣连干三杯，接着抄起筷子就涮起了羊肉。队长当场傻眼了，那可是大名鼎鼎的牛二，英国爷们儿咋怎牛！此时，张扬很适时地飘来了安慰的眼神。意思是：没事儿，喝不了就别逞强，别和外国人一般见识，不就是丢中国人的脸嘛。无奈之下，队长也是咣咣咣连喝三杯。

也是醉了。

瞬间涮完一盘羊肉的春天老师，又倒满了三杯，作势要悄无声息地倒进肚子里，吓得队长连忙如春天般温暖地按住了春天的手："兄弟，别急，兄弟，咱先聊两句，聊两句，别冲动。"

队长不胜酒力，有点醉了，右手轻轻抚摸着春天的大毛手，嘴唇轻轻颤抖，似要说些什么，却猛然端起酒杯，咣咣咣就是三杯。气势之足，完全胜过刚刚春天的见面礼。春天也傻了，但外国青年就是耿直，就是讲原则，也是咣咣咣回应三杯。然后，接着涮肉。然后，下午三个醉汉一起去踢球了。结果，球队输了。1X 比 0。实在是数不过来了。没有任何意外，张扬和春天老师全场都没碰到球。

晚上他们去涮了顿东来顺。春天老师又是一坐下晃晃晃三杯，以示相见恨晚。

张扬的绿茵生涯也就此结束。

最牛的是，大二下学期开始张扬又重拾了音乐梦想。他觉得几个中文系室友根本不能给自己的艺术人生带来任何帮助，大家天天聊天都是满口脏话，聊游戏和姑娘，对他的卡夫卡、博尔赫斯、陀思妥耶夫斯基、车尔尼、肖邦、杜拉斯根本不感兴趣。于是他开始天天泡在我宿舍，大多是走到阳台上跟我招呼一声，看我叼着烟沐浴在阳光里沉思，就回到房间和我宿舍的人一起进行体育活动。"大鬼灭了他！""毙了……"高亢洪亮的声音充斥着整个寝室，数张扬声音大。

有次张扬打了俩小时牌后，到阳台上找我，语重心长地说："你们这群败类，天天浪费生命。"那天之后张扬从他学校宿舍搬出去住了，也不经常来找我了，在外边开了个音乐工作室卖乐器，还教人学吉他。虽然开业到关门一个学生都没有，但他还是乐此不疲。

后来我们组建"乌托邦"乐队，我想好歹也得照顾哥们儿的生意，于是我带大川和左青去张扬店里选乐器。张扬的穿着停留在七八十年代重金属时期，留着长发，弄得跟真的一样。

进门没等我开口介绍，张扬拉住人家左青就问："姑娘，看你像个玩儿音乐的，会弹吗？"边说还边拿了把吉他过来。

吉他是左青乐器强项，但那天她生命中为数不多的谦逊突然爆发了。

"会，两只老虎，小兔子乖乖什么的。"

"那算什么会啊，这不扯淡吗！"

"本来就扯淡呢，弹的东西我只会玻璃球，您一定弹得特好吧？"

"还凑合，我全玩儿带电的，知道吗？电吉他，你见没见过啊？"

"我还真不太明白，您给我讲讲呗！"

"跟你讲你也不明白，看过摇滚演出吗？"

"没看过。"

"你们都一个学校的吧？"

"啊，怎么了？"

"半个月前我在你们学校看了一演出，有一乐队那主唱，咱先别说唱得啥样，耳垂凿了一窟窿，还带个环儿，那不傻子吗！"

我真是拦都没拦着啊，听完这话我和大川都笑趴了，张扬看我们都快笑尿了，好像想起什么，再看见左青的大耳廓后突然惊呼："你就是那主唱！"

"不对，我是那傻子！"

张扬迅速关掉了自己的店，加入了乌托邦。关键是我们什么都不缺，不知道该安排他干什么。张扬说："没关系我是全才，作词、作曲、制作传单、设计海报样样精通。"事实上到最后张扬并没什么用处，词都是我写的，编曲都是大川，传单老七做，照片是燕子拍的，因为张扬拍的照片大家都觉得不满意，而燕子是头一次拍海报，结果拍出来都很满意。

张扬很失落地跟我说："真正的艺术是属于少部分人的，我发现你们乐队也是一帮俗人，'道不同，不相为谋'，大家后会有期。"

张扬又搬回了学校，投身于诗歌事业，顷刻间诗迷心窍。为了参加校园诗歌大赛，张扬成天憋在宿舍里吟什么"昨夜闲潭梦落花，可怜春半不还家"或者"纱窗日落见黄昏，金屋无人见泪痕"，还有"黑夜给了我黑色的眼睛"之类的句子，到处和人说"诗才是真正的艺术，纯粹的美"，并扬言要称霸校园诗坛，傲视瀛寰，唯我独尊。作诗作累了他就跑来找我蹭饭吃，艺术家只是不动人间烟火，却不是不食人间烟火。

大三开学的时候，张扬拿着他爹给他的学费去了西藏，说要去布达拉宫寻找仓央嘉措的灵魂。回学校的时候，仓央嘉措的灵魂没寻回来，他爹倒是来学校寻他了，当场抽了他俩嘴巴子，那张从西藏刚被洗礼完的酱紫色脸庞瞬间显得更加惆怅。张扬仰天长啸："煮豆燃豆萁，豆在釜中泣。本是同根生，相煎何太急？悲剧啊！"张扬他爹说，你这败家玩意儿，当初就该让你去蓝翔技校学挖掘机技术。

那之后，张扬消停了一段时间，很久没来找我。大三放假的时候，张扬约我吃饭，我问他这半年去哪里了，他说在潜心学习表演，还从包里拿出一本《演员的自我修养》给我看，我还没说话他就说："你不用说了，我知道你跟他们一样，认为我不会有什么成就。"张扬还说，生活中有很多这样的人，以为自己什么都能干，其实有些事情还是要靠天赋和努力的，最后以"呵呵"结尾。我没搭茬。

只喝了半小时，张扬的话就开始密了起来，晃晃悠悠地喷出来的尽是文艺片、音乐剧、各路交响乐、各路艺术家什么的，中间偶尔想起来个把漏讲的黄段子，也穿插了进去。彻底喝趴下之前他跟我说，袁语："你说我是不是天生混艺术圈的料，德艺双馨？"

接下来据我所知的是，张扬在北影门口蹲了好几个月，参演了几部电影，都是名字不会出现在职员表上的角色，张扬一气之下决定息影。然后张扬就退学了，几年杳无音信。张扬具体去干吗了我不知道，听说去学服装设计了，也有人说他去了奥地利学萨克斯管。

去年春节中学同学聚会，张扬没有出现，但是知情的同学告诉我：张扬现在是小有名气的挖掘机技术培训老师……

我想大概是玩笑的吧。不过也未必，毕竟，张扬。

假如生活欺骗了你
不要悲伤，不必心急
忧郁的日子里需要镇定
相信吧，快乐的日子将会来临
心儿永远向往着未来
现在却常是忧郁
一切都将是瞬息
一切都将会过去
而那过去了的
就会成为亲切的怀念

（曾希金诗选）

傍晚
我们站着
一思考
青春就没了

我是个写小说的

一

谁都想不到那件事情就这样发生了。

那天下午在库克市中心的 CBD 广场，我看到巨大的广告牌从十一层的高楼上，摇摇晃晃过了好久才伴随着轰鸣声落到地上。人们满脸惊恐的样子跑向四面八方，我听到从我身边经过的人大声喊着："有人跳楼了，赶紧报警。"几乎所有的人都这样认为：有人跳楼了，他们甚至认为这个人在跳楼时顺便把广告牌一起扯下来了，真是一群笨蛋。

挂掉电话以后，我来到那栋楼的后门，看到了大头。他神情自若的样子根本不像是刚把一个人从十一层的楼顶上推下来，叼着根烟从楼梯口出来拍拍我肩膀说："搞定了。"

二

这是一场有预谋的凶杀。

死者叫"死尸"，他不死也是个"死尸"，我和大头都这么叫他。

"死尸"他爹是库克市有名的房地产商，有的是钱，"死尸"就因为他爹有钱成了个死尸。

把"死尸"变成死尸的人叫大头，其实那人原本应该是我。大头是库克市最有名的职业杀手，他是个孤儿，在我家附近的孤儿院长大，小时候因为经常趴在我家窗户上看动画片《不靠谱兄弟》跟我认识，并成了我的好兄弟。

小时候我家住在一个租来的阁楼上，阁楼的主人就是"死尸"他爹，因为这个原因"死尸"经常到我家来，嘴里含着根棒棒糖像个跟屁虫一样跟在他爹后面来我家收房租。

我看着这个跟我年龄相仿却过着完全不一样生活的孩子，不止一次问大头："你说他最后怎么死去才完美？"

大头回答我："让他从十一层楼上摔下来摔死。"

之所以说十一层是因为那时候我们家周围最高的建筑就是"死尸"他爹盖的那个十一层的写字楼，我们都以为那就是世界上最高的建筑。只是那时候我们都没有想到，很多年以后"死尸"真的从十一层上掉下来摔死了。

18岁的那个夏天是所有悲剧的源头。那年我高中毕业然后找了个女朋友，叫小飘，我爸爸妈妈都很喜欢她，我也想跟她白头偕老。现在想来当时是有点幼稚的，但那会儿确实是这么想的。如果不是她被"死尸"强奸了，然后离开那个城市的话，也许我真的跟她白头偕老了。"死尸"强奸她的时候，她正在我家给我和我爸妈还有大头准备晚饭。大头回家后，发现她衣衫不整地躺在地上，地上有血迹，她还是个处女。当然这一切我是没有看到的，如果我看到的话也许到现在要写下这些文字想起那些景象都要颤好久了，由此可以看出我是很爱小飘的。

从医院出来的第二天，小飘就不见了，从我的生活里彻底消失了。那段时间我过得很苦，我的爸妈也是。大头一直陪着我们，什么话都不说。

从那时起我就发誓一定要找到"死尸"给小飘报仇。

三

把"死尸"弄死以后，大头跟我跑到郊区的玉米地里坐了一个下午，抽了很多烟。大头还想去买点酒，我拦住了。说了很多话，现在都想不起说的什么话了，大概也就是我们小时候怎样怎样的。只是谁都没有再提起小飘，也没再提起"死尸"。

傍晚，大头从口袋里拿出一张火车票，跟我说："'死尸'的死因早晚会有人知道的，谁都知道你跟死尸有过节，你走吧。"

我接过车票，看了看，M1235，4号车4号座，到遥远的雪城。

当时我不知道该说什么，或许我该拒绝他，让他一个人承担这些太残忍了。可是大头坚定地看着我说："你别犹豫了，家里有我呢。一人做事，一人当。"

我就这样稀里糊涂地离开了我的家乡，离开了父母，离开了大头。

四

很多个下午，我躺在这个雪城租来的房子里，都会做一个很奇

怪的梦，在梦中我总是竭尽我所有的能力酝酿一个个骗局，在梦中
我可以清晰地记得每个骗局的来龙去脉，甚至每个被我骗到的人最
后脸上痛苦的表情我都可以记得。在梦中我一直想着等我醒来一定
要把这些都写下来，写到我的小说中去，这些欧亨利式的小说一定
会有人喜欢看的。那样我就可以还小飘给我出的房租了。可是每次
醒来我都把我梦到的忘记了，所以小飘给我出的房租钱我一直都没
有还她。

此小飘非彼小飘。

此小飘是我在来雪城的火车上认识的一个姑娘，她坐 4 号车 5
号座，但是你别以为我们是挨着的，其实我们是背靠背的。长途火
车总是容易让人疲惫，可是此小飘似乎一点儿都没有疲惫，一路上
此小飘一直跟她身边的人谈笑风生。深夜时，我坐在她身后，听着
她仿佛能穿透黑夜的笑声，想：这个姑娘可真爽朗啊。

而我跟她认识并住在一起的过程是这样的：那天下车以后，我
跟她一起到火车站路边摊买烟，在这过程中她瞥了我一眼，这很正
常，在这期间我也瞥了她一眼。

然后她用很夸张的表情对着我说："你不是……"

我说："我是。"

她问我："叫什么名字？"

"鸿明。"

"看着像搞艺术的。"

"不是。沾点边儿，写小说的。"

"从哪里来？"她问，顺手点上一支烟。

我说："X 城。"

她用更夸张的表情看着我说："我也是，老乡！"随后，她顺势抱了我一下。

不过这个城市的名字是我编的。

"有没有地方住啊？"她继续问道。

我说："没有，刚到这儿呢！"

"那跟我一起住吧。"

我说："啊？好啊。"

"我叫小飘。"

好熟悉的名字。我没有说上话来，只是觉得此小飘真是好爽朗啊！

在我拖着她巨大的行李箱来到她住的地方之前，我从来没有想过我会跟一个失足女在一个陌生的城市住在一起，而且她的名字跟我深爱的初恋女友的名字一模一样，可事实就这样发生了。小飘住的是一个一室一厅的房子，有两张床，一张她用来睡觉，另一张她用来接客。

她把用来接客的床收拾了一下给我睡觉，她一边收拾一边跟我说："有无数男人在这张床上睡过了，所以也不在乎再多一个人在这儿睡觉，只是我以后不能再带我的客人回家了。"这时候，我觉得我挺对不起她的。

她接着对我说："看你一脸幼稚的样子，肯定比我小，以后你就喊我姐姐就行了。"

我点点头说："好。"

然后她就钻进洗手间洗澡去了。

对我来说，这一切都来得太突然了，我点上烟，站在阳台上看着窗下的人来人往，他们没人知道有个叫鸿明的人在他们头顶上看着他们来来往往，更没有人知道在这个叫鸿明的人身后的故事。我想这里是个不错的开始。我甚至忘记了大头在我的家乡库克市要承受的残忍。在雪城的好多时候，我都几乎要忘记大头和"死尸"了，我不知道这是好还是不好，至少在传统道德上，这样是不好的，可是那段时间我是真的很开心。

小飘洗澡出来时，我还站在窗前发呆。她过来拍我肩膀说："小说家，在想什么呢？"

我回身看了看她，年轻的身体在睡衣里玲珑有致。跟彼小飘有一拼，虽然我并没有跟彼小飘发生过关系，但是偷偷看过她洗澡。

她看着我说："我身材不错吧？"

我点点头，然后问她："我们这幢楼有多高啊？"

"11层。"小飘轻描淡写地说。

"哦。"

我表面波澜不惊，内心波涛汹涌。

五

在11层的天台，可以看到整个城市的风景。在我小说写不动的很多时候，我会带上烟到天台去看风景。

有时候小飘会跟着我一起上去。我们在那儿有一搭没一搭地说话，但大部分的时候都是她在说话，她的说话内容主要集中在她那行，比如她告诉我今天她的某个姐妹被头儿封杀了，不给她发客人，因为老板想摸摸她被她给拒绝了。再比如她告诉我今天她遇到一个很没有男子气概的人，她一点都没有感觉。这些话大抵对我的小说是没有什么帮助的，我的小说还是写不动。

更多的时候，我是一个人坐在天台上看着天空笼罩下的雪城发呆，我不喜欢说话，我也不知道该跟谁说话，所以我很容易就发呆了。这是个不错的地方，楼下有诊所，有餐馆，有水果摊，有理发店，有超市，也有洗头房。所有跟生活有关的东西在这儿都有，这些带有生活气息的东西让我觉得我活得生机勃勃。

不过我从来没有在天台上看到所谓的整个城市的风景，它的前后左右都是跟它一样的楼层。我看到电线，晾衣绳，在它上空纠结，整个城市的上空被分割成支离破碎的几块。我也看到楼下弄堂里小飘被一个男人扯着头发打，但我也找不出多少理由去帮她。

六

那天晚上小飘跟我讲了她跟那个男人的故事。

小飘对我说："那个男人是我以前的男朋友，跟你们这些小说家笔下的那些恶棍一样，是个恶棍。他好吃懒做，喜欢赌博，没钱了就逼我去接客。我曾经真的好爱他，我为他人流过两次，我想照顾他。甚至他让我去出卖自己的身体我都没有怨恨他，我是不是很傻？"

我说："是很傻，爱情的双方本来就是平等的。"

"别拿那些大道理跟我讲。"小飘打断我的话，朝我吼道。

"爱是没有道理可讲的。"她继续说，"只有爱过的人才会知道。"她说这话的样子根本不像失足女，像个教授之类的。

她接着说："后来当对他的这份爱冷静下来之后，我想离开他。可是我没有想到那个男人把我卖到了现在的这个洗头城来还他的赌债，还隔三岔五的来找我拿钱，不给他就打我，洗头城的老板看我是个接客的好材料，怕他把我身子打坏了，把他的赌债全还了。我本来以为我在洗头城干两年，然后去一个没人认识我的地方，找个人嫁了，一辈子就这样过去了。没想到那个男人在外地输钱了又回来找我。"

小飘在说这些话的时候，我面临的始终是一张苍白的面无表情的脸，我像听一个很俗套的故事一样把这些听完。

我把我和大头，"死尸"还有彼小飘的事儿跟此小飘说了，像我在这之前写下的一样跟她说了。

那天最后的结果是这样的：我跟她来到11层的天台上，说起这段时间我们的交往。

我说："你不后悔你的青春全都葬送在床上这件事儿吗？"

她说："你听过一首歌吗？"

"你不说名字我哪知道我听没听过！"我眼睛望着远方，不带情绪地说了一个以感叹号结尾的句子。

"哦，我干脆唱给你听吧。"

"好。"

青春若有张不老的脸，但愿它永远不被改变。

许多梦想总编织太美，跟着迎接幻灭。

爱上你是最快乐的事，却又换来最痛苦的悲。

苦涩交错爱的甜美，我怎样都学不会。

哦，眼泪，眼泪都是我的体会，成长的滋味。

哦，眼泪，忍住眼泪不让你看见。

哦，我在改变，孤单的感觉，你从不曾发现，我笑中还有泪。

哦，眼泪，眼泪流过无言的夜，心痛的滋味。

哦，眼泪，擦干眼泪忘掉一切，曾有的眷恋。

哦，眼泪是苦，眼泪是伤悲。

哦，眼泪都是你。哦，眼泪是甜，眼泪是昨天。

哦，眼泪不流泪……

我趴在天台上睡着了，那晚小飘的歌声很美，但充满了悲伤。

七

小飘死后几个小时，我接到了警察局的传唤。传唤我的原因不是跟我住在一起的一个失足女孩死了，而是他们怀疑我跟库克市的一桩命案有关。

我还是先说说小飘的死吧。她是从 11 层的高楼上跳下去的，样子很难看，像一个西瓜摔在地上一样，血液从她的身体中流出来，凝固了一大片。

周围的人看着小飘年轻的尸体议论纷纷。

有人说："真可惜，这么漂亮的一个女孩没了。"

有人说："她真有勇气，从上面跳下来，要是我吓都吓死了。"

还有人说："听说她欠人好多钱呢！"

也有人说："我看未必啊，看她的样子像是为情自杀啊！"

有人朝着我喊："小子，这是你媳妇啊？你怎么不看好呢？"

房东在旁边说："她还欠我房租没有交呢！"

有个温柔的女声说："哎呀妈呀，吓死人了，赶紧打电话报警啊！"

这些声音像疾驰的汽车一样从我的左耳朵进去，从右耳朵出来，速度快得甚至没有在我脑子中停留一秒。我呆坐在地上看着小飘的尸体和她的血，我总觉得这个死去的姑娘意味着更多，比如说我在这个城市唯一的朋友，比如说我能安身的一个地方，比如说可以说话的一个对象，这几乎是我在这个城市的所有了，可是这些随着她从 11 层上纵身一跃都没有了。真的都没有了，我不得不重新开始一种生活。

围观的人很快散去，我跑回家里拿一个床单把小飘裹着抱回家，想着一定把这个姑娘安葬。可是很可惜，一小时后我被警察带走了。

小飘的身后事我再也不知道。

八

我一直试图给这个小说安排一个惊人的结局，从我写下第一个字开始就是这样。我有过很多设想：

1. 我被送回库克市，在监狱中见到大头，大头告诉我，送走我之后，他主动投案自首，被判了死刑缓期两年执行；

2. 大头入狱了，彼小飘重新在我家出现，但我已悲伤地再次离开家乡，小飘最终因为极度抑郁从 11 楼跳下，自杀身亡；

3. 实际上，此小飘和彼小飘是同一个人，出了那事之后她觉得无法面对我，离开库克市出卖自己的身体赚钱去整了个容。去雪城的火车上，我们并不是偶遇，她还爱着我，用这种方式回来找我；

4. 我只是做了个梦。

诸如此类。

九

现在突然要来想一下，写小说的目的。

有人写小说是为自己，这并不是说是写给自己看，小说就是个讲故事的文体，大概没有谁闲得没事自己给自己讲故事吧。为自己写的人更多的是传达自己内心的感觉，或者感受小说完成时的快感，这说明人就是一种感情动物，需要多渠道地满足自己的感情。有人写小说是为别人，跟小时候给我们讲故事的老爷爷老奶奶一样，把自己经历的或者自己编造的故事讲给别人听，从别人那儿体验同情欣赏或者鄙夷来满足自己被同情被欣赏或者被鄙夷的需要。还有人写小说是为钱，既满足了自己的欲望还赚了钱。

这样说来，写小说的人是多种多样的。当自己写的小说不能赚钱的时候，可以拉一个自己的朋友过来说，我是写给他看的，然后朋友很配合地说："嗯，小说写得真好，我很感动，谢谢你为我写小说。"实在找不到这样配合的朋友时，写小说的可以很深沉地说："每天都有很多文字在我身体中涌动，这种感觉激动人心，当我把身体中的这些文字写出来的时候就有了这个小说，不是为钱不是为谁，我只为我自己写小说。"

<h2 style="text-align:center">十</h2>

我是写小说的！我写这个故事只是想通过这个案例去披露这世界上还有那么一些丑陋的人与事。

我只是觉得，不论一个人的身份如何、地位如何，每一个人的内心里都有他或她的善与爱。只是，有因必有果，每一个人都会为自己所做的承担后果。也许，此时此刻可以避免或逃脱什么，但命运的结局会诠释一切。

希望改变你的一个人，会让你变得更好，而不是变得更坏；希望改变你的一件事，会让你前面的路更宽更广，而不是更险更崎岖。

既然怎么结尾都是结，那要不这个小说也就这样结了吧。

致我们已经逝去的童年

童年一起玩儿的那些可爱的小姑娘如今也不很年轻了，我莫名地忧伤。

那些孤独的童年记忆变得越来越重要了，然而遗憾的是我淡忘了。在岁月流淌过程中，它没有被风化，没有被腐蚀，没有被一只比人还要孤独的鸟儿无情地叼走。然而遗憾的是我淡忘了。每当这样想，我都觉得：童年往事某一天会像一个同甘共苦的朋友那样迎面走来，它会把手放在我的肩上，还是挥手给我一耳光？

我打童年开始就是个不怎么幸福的孩子，具体表现是从来不跳绳，不玩弹弓，不打口袋，不弹玻璃球，总之就是别人玩的东西我一概不感兴趣。我就是宁可自己一个人干耗，也绝不向大队伍妥协。想让我同流合污，门儿都没有！我就是要告诉大家：人多不代表厉害。但这是我自己的问题，关于那个时代的童年，是美好的。

当下孩子们的勇敢体现在撺家里东西，因为他们没有其他方式来表现自己的勇敢，他们没有地方去爬树，没有机会走夜路；他们得到什么都很容易，因而无法理解简朴和珍惜的涵义；他们过多地享用和获取，将缺少坚毅的性格与创造力以及感恩的心；他们缺少意外，缺少恐惧和冒险，将来回忆的是失去色彩的童年。

我的童年没有高楼大厦，也不必离群索居，充斥那段岁月的是美好的童年游戏和天然集体主义。那时候我们不懂得哪个级别官大，哪些牌子是名牌，我们只知道什么是蒲公英，什么是布谷鸟；那时候我们看不到这么多汽车，看不到这么多钱，但可以看到蓝蓝的天，白白的云；那时候我们看不到霓虹闪烁，却看得到日出日落，看得到地平线；那时候我们没有各种先进电子产品和电动玩具，但我们可以去捉到一只金龟子来跟它一起嬉戏玩耍；那时候我们没有各式各样的积木，却可以靠双手造出一把木枪，一支苇笛。

人一生中快乐的日子，集中在童年，自由不顺从的阶段——没有限制，完全自由，尽情表现，想撒野就撒野，想无赖就无赖，不要评价，只思考如何开心。长大后，大部分人的羞愧、思念、愤怒、不安经常在夜里迸发，脆弱点儿的，甚至会无数次泪流满面，挣扎，并最终学会了一种方式，叫随遇而安。

人从 60 岁到 70 岁一定没大改变，除更不怕死或更怕死。6 岁到 15 岁从文盲变成混天度日的学生。15 岁到 20 几岁从被供养的学生变成不能养活自己的人。面对生活总想势如破竹，多数人却注定被生活打败。30 岁后陷入苦战。50 岁后似回归被供养的童年，向往如风逝去，岁月如歌。开始的开始，我们歌唱；最后的最后，我们沉默。

我们每天都待在自己的未来里，只不过今天待在昨天的未来，明天待在今天的未来。我们一生待在童年的未来，大伙儿的梦想还是像儿时一样遥远，唯一的变化就是越来越不打算去实现了。这是一切漫不经心和随遇而安的开始。

随着我们慢慢地长大，很多美好的东西都已经消逝，但色彩斑斓的童年却留在每个人记忆的深处。可是，童年已经远离。每个人终其一生，都是在不断地告别自己。

童年的远离，是真正的解脱。

我的童年——

你是凌驾我们之上的，你在超越一切忘乎所以。我在来不及，我在痛哭流涕。我拿着笔的手莫名发抖，你就已经把我一个人放在这里，结束了我漫长的青春期。希望我侧身而卧时，你都会用手抚摸我的后背，如远去的你，淡淡的温柔。

那些我们昼夜中的话，好好放起来作为纪念吧。

向青春致敬

青春，是桃花源，是游乐场，是避难所，也是每个人的精神寓所。

十八九岁是最美好的年纪，男孩儿比城市里的高楼大厦还要挺拔，女孩儿比清晨花骨朵上的露珠还要纯净，如果能一直这样那人生就太完美了，可是生活中哪有什么完美的事情。十八九岁的年纪，男孩儿的身体像城市里的高楼大厦一样，空有挺拔的身姿，惨不忍睹的入住率却让他们外表光鲜，内里却缺了些沉淀；女孩像早晨花骨朵上的露珠一样，面容纯净，却经不起任何风吹日晒，从花叶上摔下来的样子更让人不忍。

在那样一个人生观、价值观都尚未完全建立的时候，激情是最能让年轻人挥霍的东西。激情是什么？气吞山河，势如破竹，自以为是，飞扬跋扈，抻着脖子热泪盈眶，奋不顾身地向自己致敬，演无知者无畏演得炉火纯青。

有人说激情不过是荷尔蒙。我并没有从生物学的角度深究过荷尔蒙到底从哪来？发挥着什么作用？怎样发挥着作用？又最终将到哪去？几十年所见给我的感受是，那是一种很不靠谱的玩意儿，时好时坏，甚至时有时无。人年轻时总会不由自己地希望未来更美好，每个行为都会在心里悄悄展望远方，那即将穿越我们身体的远方，会不自觉地狠狠投资，把青春一股脑砸进去。最后发现生活在别处，别处又不知是何处。未来是大致雷同地有限重复和叠加，今天埋葬昨天，明天就割裂今天。然而生命的意义就在于你是否可以让原本简单的重复和叠加变成有价值的沉淀和积累。有天，回忆和现实缠在一起分辨不清。最后不知哪一天，青春就没了，但你至少还可以留下些什么让自己回味和品尝。

就像每个人都曾执迷于狂热的理想和单纯的感情，曾相信很多这样那样的道理，比如价值与物质无关，耕耘与收获的关系很单纯。甚至执拗的情愿相信青春永恒。我们本就如同演员，在人生的舞台上淋漓尽致地演自己和别人，演到最后，每个人都是每个人的过客，每个人都是每个人的思念。如果回忆成了人生的全部，淋漓尽致、有价值地活过便是青春意义的所在。

生活中我们会遇到很多关于青春的问题，年轻人比较统一的基调是迷茫、空虚，这越发让我感觉到荷尔蒙的不靠谱。对待这类问题，我经常的态度是，随他去吧，迷茫的就去迷茫，空虚的就去空虚，至少我们应该趁年轻把想做的事儿做了，免得临死前一琢磨这辈子没做过什么事儿，挺遗憾的。然而，正由于自己的迷茫和太随意，以至于青春岁月伤痕累累，留下了永久的遗憾与悲伤。

躲在角落里的的青春是孤独的，每个人在开始回忆时，都是在怀疑遗忘，只有在想念的时候，才越发坚定。年少时，我们恣意地挥霍青春，现在我们猫在各自的角落里羞于见人，不再诉说自己的好坏。大伙儿都长大了，那些飞扬跋扈也随之消失，那些声名狼藉的日子属于了别人。我们生命的春天下起了大雪，延续至今，于是人们总是竭力回首过去的温情，回忆大雪来临前的春天。所有人似水年华的开始，都满怀希望上场，上演一出出可歌可泣的舞台剧。

这个几乎是冷酷的论调真让人寒心，难道青春真没有什么值得歌颂的吗？当然不是，否则你让那些靠消费青春的导演作家怎么活下去。严格说来，没有谁的青春是真正无悔的。但后来之所以人们一直抻着脖子，拍着胸脯说青春无悔，是因为那时候的情感真的美好到让我们沉浸其中，难以自拔。靠激情活着的人在我们长大后依然总是碰到，就好像他们的青春一直没完一样，这些人真正感动我的不是靠一次次去电影院或书店回味，是他们对生活的孜孜不倦、永不枯竭的好奇心，以及为这些好奇心，奋不顾身、坚持不懈的努力，是他们对友情对爱情的真诚，是他们付出后创造的美好。

青春无悔，无悔的是那些年轻时候的"真"。向青春致敬，向那些青春的"真"致敬吧！

友与爱

我不是一个随便的人，但有时候也不一定，比如喝大了逮谁给谁碰杯，以友谊万岁的口号干杯。

我可以很随便地说我有过很多朋友——将朋友的概念泛化的话，但后来他们渐渐弃我而去，或者是我对他们弃之不顾，在这个过程中我与日俱增的经验是，找个好朋友比之找个好姑娘更不容易。

友谊是很纯粹的，合则肝胆相照，崩则一刀两断，不像爱情可以藕断丝连，让人垂涎万分魂梦系之。所谓斩不断理还乱，大抵如此。

事实上"朋友"这两个字在我们的生活中已经泛化，通常一个女人变了心，她会对你说还是朋友，仿佛以前一直也只是朋友。而事实上"朋友"这两个字从她的口里说出的时候，已不再是它本来的意思了。

有很多人习惯把"朋友"这两个字冠在任何人头上，殊不知这有多么不合适，这跟咱们中华民族一向推崇的"在外靠朋友"的生存哲学有关，我也尊重这样的哲学，只是不忍这样的行为下"朋友"

的真义被漫不经心地抛弃了。

一定能列入十大俗套用语的，除了朋友之外，肯定还有一个让我愤慨的词儿叫"缘分"。这是爱情用语，依靠这个厉害到能化腐朽为神奇的词语，无数的连续剧得以自圆其说并获大众青睐至今。缘分无一例外地被阐释为天意，其实爱情靠缘分是一个极大的误解，爱情需要选择、追求、考验、妒忌、猜疑、妥协、证明和长期观察，也最需要努力保养、美容、防腐、保鲜、维修……必须这样，否则爱情就会变质，鱼死网破，不复存在，爱情的本质决定它随时面临这样的危险，所谓天长地久地老天荒之说从来都是写言情小说的人为了多卖几本书哄大伙儿开心的。爱情必须有主动被动，有力量的对比。爱情残酷得像战争，一旦失败就得自挂东南枝，没人理你晾干没晾干。

在我看来缘分、天意，一切恭维命中注定这一理论的词语，在爱情里都是蒙人的词语，有的只是偶然、巧合的意思，像随机抽样那样。

友谊一样也是淘汰制的，但是赛制跟爱情完全不同，格调的高下和心性的异同决定了友谊存活的可能性。光这些还不够，还得体验。当然，在体验过程中，友谊像爱情一样，随时会失衡，也随时会死亡。但友谊毕竟是多人赛制，排异性不强。

一生一次的青春

某个周末，和朋友去看了场话剧，名为《后・青春的诗》。这样的题材本已屡见不鲜，却还是让我这个早已不再年轻的人微微触动了一把。因为它满含着勇气、热血、爱恋和遗憾，也是人生中再也无法倒回的时光。

在宣传条幅的彩页上有这样一句话："在这个夏天，让我们，为了一生一次的青春，再狠狠地叛逆一次，再一次就好。"剧本主要讲述了六个人因为当年校花的婚礼而重新聚在一起，随后在当年树下挖出当年埋藏的三个梦想，并努力为对方实现的故事。

剧院的布置很简单，天空中几朵白云，高低杠，斜斜的木板。有时觉得"青春"二字真是复杂，好像没有什么词句能够将它完美的描绘，可有时又偏偏只需要一个简单的铺陈，就能勾起你脑海中所有与青春有关的过往。

六个演员的人物性格都很鲜活。当上大明星却仍然不失本真的陈国星，唯一一个确切地实现了梦想的炸鸡店老板肥仔龙，挣扎于现实世界的好爸爸西瓜，个性活泼的女警察阿菁，高考失利后入伍的王森宏和远赴加州读书的好学生杨泽宇。曾几何时，你的班级里也有这样的一群人，埋首苦读的，才华横溢的，心比天高的，老实耿直的……这些人，现在都去了哪儿？

在校花的婚礼上，王森宏耿直得一如当年，当真带了一把铲子冲过去要打那个"抢了他们当年梦中情人"的男人时，看客们都在笑，我也跟着笑了。只是青春时期的爱里，那份横冲直撞的傻气，我却再也不能拥有了。同样地，身边也没有了那帮总是积极地帮我出各种馊主意追女孩的损友。常常在想，"虚伪、圆滑"这类字眼曾对年轻的男孩来说是多么的遥远。可是一踏入社会的泥沼中，许多人居然就都如鱼得水地做到了。

再来就是阿菁，她必然是活在校花阴影之下的女孩子，多年后她变得比从前漂亮许多，让好友们纷纷惊讶不已。只是当校花踏着婚礼的钟乐走过，依然那样美丽耀眼，毫不留情地让她再一次感到相形见绌。个中滋味，也只有这个经历了蜕变的女孩自己才能懂。在她还是丑小鸭的年华里，她所有的好友都不追她，她倾慕的男生眼里也只有校花。而最后这些好友安慰她的时候说："可是那时候，每一天都陪着我们度过的，是你不是她啊！"即使这份遗憾终是难以弥补，却要相信，许多年后大多数人都能领悟到"陪伴"远比即得即失的爱慕要来得珍贵许多。最后可供回想的，不再是那个高不可攀的人，而是深夜里陪你一起回宿舍一起复习一起说走就走的朋友。

好爸爸西瓜，算是如今颇为常见的一类人。背负整个家庭的压力。年少轻狂犯错之后，发誓要让自己的老婆孩子幸福。为了家人，没有买自己渴望的进口车，也放弃了去西藏旅行的梦想。他是称职的父亲和丈夫，却也从某种程度上限制了自身的自由。毕竟鱼与熊掌不可兼得，在理想与现实碰撞的时候，出于责任，人总难免向现实妥协得更多些，所能做的也就是令自己不要忘记，不要麻木。如果有一天这些身为男人的重担能够放下片刻，只愿那时，还有颗不老的心，梦想从未褪色。

大明星陈国星在访谈时最终坚持唱自己的歌，那一刻，他找回了少年时代的他。那个肯把三个奢侈的梦想里的一个用于"我想带着大家回来这里挖洞"的陈国星，这正是他最可贵的地方，始终保有一份内心的坚守。尽管那时心比天高的我们，想的总是功成名就，努力混出一番事业再聚首，他却独自在告别处埋下一个可供回首的坐标，就算所有人都朝前跑，他也要做那个守夜人。

肥仔龙开了一家炸鸡店，实现了梦想，却也生活艰难，嬉皮笑脸地和房东争取宽限。王森宏是个小白领，早已忘记了当年夸下的海口，再也没有打过篮球。三十岁的阿菁，兜兜转转依然单身，事已至此，依然倔强到不肯将就。而远赴他乡的杨泽宇，内心强大，情绪隐忍，像毫不起眼的蜗牛，却始终在一步一步慢慢追寻着心中的梦。

每个人背后都有不轻易为人道的一面。一路走来，有好有坏，都是自己的选择。这些无数个微小的故事串联起来，便组成了这个浩瀚的宇宙。我们带着青春时期留下的烙印在毕业的路口挥手告别，然后如射线般各自大步地迈向了属于自己的人生。

年少时我们不理解成人的世界，只因为那时候毋需为生活的琐事烦恼，生活里阴暗的那一面都被所爱之人挡在了门外。当有一天，你必须打落牙齿和血吞，独自融入你不曾到过的世界，棱角渐被磨平，也学会了妥协，在无数次挫折和失败中悟出所有生存的法则。到那一天，也就是真正的长大了吧。

一直觉得，告别不一定是件很悲伤的事。纵然鲜少有人能像剧中的人一样，找到一个合适的契机就能召回曾经亲密无间的好友。如今天南海北的我们，在各自的路上踽踽独行，只要悉知对方过得不错便已足够。

青春是再回首，年轻的我和你，都如云影般淡去。但那光影的热度，却还能在黑暗的时刻，无数次地温暖着你我。

偶像王菲

年轻那会儿，你轻轻经过大伙儿的身边，骄傲地站在大伙儿都可以看到的角落里独自张扬，心无旁骛，漫不经心的眼神和烈焰般地红唇伴着致幻剂一般掏空人灵魂的歌声，让人恍惚。等大伙儿回过神来，你已经在灯火阑珊处了。人，要是美到一定程度就能改变潮流。

王菲的魅力在于她独特的张扬，只属于她一个人的张扬。只张扬自己，不谄媚别人。这样的张扬，才是纯粹的张扬。一个集体无意识的互相模仿的时代，这样的张扬才显得更加难能可贵。从开始听王菲的歌到慢慢了解她，这个过程陪伴了我的成长，贯穿了我的整个青春，而且很多东西都深深地印到了我整个青春期的骨髓里。在我眼里，王菲一直是一个无限荣光的女人，弥足珍贵的是，这无限的荣光是她自己赋予自己的。

1997年，我15岁，那年第一次听王菲的歌，刚好是在失恋的时候。其实那场失恋说白了是被我给美化了的，明明是暗恋未遂。那个姑娘根本就没在意过在她所到之处的某个角落里，有个小男生在深深爱恋着她。然后，她消失不见了。刚好那年王菲的一首新歌发布，我坐在三里屯机电六号院里一家酒吧喝得烂醉如泥，这首歌，一下就湿透了我的心——"就算天空再深看不出裂痕／眉头仍聚满密云／就算一屋暗灯照不穿我身／仍可反映你心／让这口烟跳升我身躯下沉／曾多么想多么想贴近／你的心和眼口和耳亦没缘份／我都捉不紧／害怕悲剧重演我的命中命中／越美丽的东西我越不可碰／历史在重演这么烦烧城中／没理由相恋可以没有暗涌／其实我再去爱惜你又有何用……"

那一刻起，这个女人带着独具匠心的天籁穿透了我的灵魂。那之后，我开始疯狂搜集她所有的歌，上学时听盗版磁带的习惯从来未用到过王菲出的新专辑上。交速写作业的时候甚至要以王菲的面孔作为模子，看到模仿王菲装扮的女生就爱屋及乌地莫名好感。她的歌在整个校园风靡，那是因为播音站也被我"侵占"。想起那段遥远而又清晰的记忆也不知道是为了什么，连和喜欢的女生交往都要以王菲作为标准。总而言之，王菲的歌陪伴我之后所有零落飘扬的日子，在某种意义上成为了我的一种心灵寄托，在那些日子里我对王菲的认识也越来越多。

孤独。她说，每个人在精神和灵魂上都是孤独的。人有本质上的孤独，人的本质就是人的内心。人与人之间可以基本沟通，却无法做到内心的完全沟通，所以我们的内心注定孤独，这种孤独并不是随时随地能感受到的，但也只有在感受到孤独的时候，才是最清醒的。孤独不代表凄凉，享受孤独其实是一件挺美好的事。《百年孤寂》里的那段歌词，把孤独的本质传递到了人的内心深处——"心／属于你的心／我借来寄托／却变成我的心魔／你／属于谁的／我刚好经过／却带来潮起潮落……"

寄托。她说，这个世界上，只有你自己，如果生小孩是为了自己的未来，这个出发点本身就是不会有未来的。谁也不能把未来寄托在别人身上，包括父母，包括孩子，都是不可靠的。一旦你有了这种期待，就会对自己有压力，也会对那个人有压力。如果不如愿的话，双方都会产生怨恨。如果明白了这些，我们就不会再有怨恨。"遇见一场烟火的表演／用一场轮回的时间／紫微星流过／来不及说再见／已经远离我／一光年……"

情绪。她说，我的不满都是些小的不满，大的方面我觉得我还真不应该再有什么不满了。当然，如果碰到了一些很荒谬、很难以理解的事情，我还是会有情绪的，而且我会想好长时间"为什么会那样"。如果现场演出时，碰到了一些小状况，当然也会有情绪，会心情不好，但是这个我不会去想很长时间的。一个真正洒脱的王菲，唱出真正洒脱的句子——"没，没有蜡烛／就不用勉强庆祝／没，没想到答案／就不要寻找题目／没，没有退路／问我也不要思路／没，没人去仰慕／那我就继续忙碌……"

语言。她说，语言其实是一个挺没用的工具。尽管王菲说自己在公众面前越来越成熟了，而事实上她在公众眼中依然很"高冷"。因为在王菲眼里语言仅能作为一般交往上的沟通，再深入的交流，就会词不达意，甚至站不住脚。我想这就是之所以王菲不愿意多说话的原因，她只想用艺术作品来表达自己，跟其他人沟通。同一首歌每个人的理解可能完全不同，所以除非别人问王菲到底想表达什么，她都不愿意去解释。因为每个人对音乐的理解，本来就应该不一样。"有时候／有时候／我会相信一切有尽头／相聚离开／都有时候／没有什么会永垂不朽……"

歌唱。她说，我是一个喜欢自然流露的人，并不太适合去夸张地表现事物。王菲在唱歌的时候很轻松，心无旁骛，自己不想什么，也不会想带给听歌的人什么，只唱自己的感觉。也许那些喜欢有强烈刺激的人，会觉得我这种方式没有那么浓烈，太淡了，接收不到，但每个人的听音乐的方式是不一样的。王菲让人明白，这个世界上有千千万万种方式表达自己，每一种方式都会有人接收不到，而需要接收到的人接收到了，也就够了。"每个人都是单行道上的跳蚤／每个人皈依自己的宗教……"

林夕。王菲拒绝被崇拜的压力，到头来才是一个真正的偶像。这个偶像在她被小报歪曲夸张的言谈举止中，这个偶像在她被王家卫提炼捕捉的神情姿态中（电影《重庆森林》），最主要的，还在那些迷离精致的歌词中。众所周知，这些歌词大多出自林夕。 林夕曾经对媒体说："她对我的信任，千金都不变。"从林夕的嘴里，可以了解王菲眼中的林夕。"多少年／共对亦无言／仿佛多少年／欲爱但忘言／让你走过眼前……"

绯闻。她说，如果一个公众人物要站出来说话，你首先会想到我为什么要这么做，为什么要去解释？无非就是希望大家不要误会自己，那如果我连这个都不介意的话，那还有什么可说的呢？我不介意大家误会我，因为误会本身就一直存在。一个公众人物怎么可能让大家对她的了解是百分之一百的呢？这段话，固若金汤，无法撼动。"因为全世界都那么脏／才找到最漂亮的愿望／因为暂时看不到天亮／才看见最诚恳的梦想……"

爱情。王菲绝口不提。"不要迷信情变等于灯灭／爱恨无须壮烈……"

成长。她说，需要经历，才会有收获。所有人的人生，都是痛苦和快乐交织在一起，没有完全的快乐，也没有完全的痛苦。"你渴望／我期待／美好灿烂的未来／不完美／也要精彩……"

王菲和好朋友那英在春晚舞台上唱完《相约九八》，在市场反响空前。王菲有太多的荣耀——身价最高的歌手，上座率最高的歌手，票房累计最高的歌手，日本首位也是唯一能在东京武道馆开演唱会的华人歌手。曾经，第一次在香港红馆开演唱会的她创下了连开18场的惊人记录，由此她就在华语歌坛的巅峰开始了高处不胜寒的寂寞，直至今日。

她辉煌了很多年，带给几代人精神上的享受，也给了很多人心灵的抚慰。喜欢王菲，没有是非。

"如果让我来选择'最想回到以前的哪一段人生时光'的话，我情愿就这么继续下去。"王菲说。

青春若有张不老的脸，我愿与你交换，让你的美丽永远留在人间。

一个女人哭了

她不漂亮，也不再年轻。

这样的平常人很多，没人会留意到她们。

我曾希望她再年轻些，再漂亮些，因为她毕竟让我心动，男人大多都有美女崇拜症，不管与爱情有没有关系都不喜欢记忆中留下些让自己心动过而其实并不漂亮的女人。

她坐在公交车上，并没有扶扶手，没有拿各种金属饰物的包，也没有拿手机，只是双手摊在左膝盖上，左膝盖架在右膝盖上，手指苍白而且疲惫，一如她的面容。

她穿着规规矩矩的制服，应该是某个银行的职员，又或是某个联通营业厅的客服人员。她在座位上一动不动，就像是机器人，上了发条才能每天照常运转，按部就班的生活。

突然，她默不作声地哭了。

像想到某件伤心事那样情不自禁，又不想让人察觉。她没有遮掩，面无表情地注视前方，任泪水淌过脸颊，悄无声息滴落在掌心，她在克制脸部肌肉的抽动，她分明想号啕大哭一场，然后在哭声中重新上好自己的发条。

眼泪使她变得有血有肉，有了呼吸，有了一种美。她包裹在职业装里的身体折射出了柔和，不再是一架机器，而是一个女人，一个没有耀眼的相貌和才华来改变默默无闻的处境的女人，我想伸手帮她擦一下眼泪，却没想出理由。

历史上有太多针对女人的诋毁，如孔子说唯女子与小人难养也，如夏尔·皮埃尔·波德莱尔说女人是一种庸俗的动物，如哈姆·雷特说，脆弱呀，你的名字就叫女人。面对女人，历史这个舞台有时候并不是那么公正，让女人登上台前的机会并不多，给她们的更多的是配角的标签。然而，很多时候，故事离不开女人，历史也是。

于是女人哭了，狼烟四起家破人亡时她肝肠寸断地哭了，逢灾遇难夫离子散时她痛苦无助地哭了，国泰民安夫荣妻贵时她喜笑颜开地哭了……而这些五彩缤纷的哭泣却只被想当然地定义为软弱。

那天，她做完早餐，安顿好父母，给丈夫熨好衣服，送儿子上学之后又独自做完琐碎的家务，然后换上工作服，去赶公交车上班。

在车上，她想起态度冷漠的丈夫可能又和哪个狐狸精鬼混时，一个女人哭了。

故事即是生活，有多少个哭泣的女人就有多少个让人玩味的故事，只是人不同，命运不同。你是否曾在细微处用心感知过一个哭了的女人有着怎样的心境？

一天

　　一个大地和天空被雨冲洗过的早晨，树木和花草在细雨的滋润中，万物生意盎然欣欣向荣。这样的早晨是非常文艺的早晨，很适合余波这样的文艺青年出来粉墨登场找找感觉。

　　夜幕退去之前，余波又和一大拨人瞎混了，他醉倒在南锣鼓巷的一家小酒吧。出来就是早晨了，街上全是车，在宽阔却拥堵的大马路上走走停停。发动机的轰鸣声和汽车喇叭的声音，如同一个从未成功过的交响乐团在激情演奏，在喧哗中余波忘掉了时间，光天化日之下无限膨胀的欲望让他间歇性地出现幻觉。

　　雨还在下，街上好多娇艳的女孩没带伞，被淋了个通透，衣服紧贴着身体，凹凸有致，显示出美的原生力量。余波跟着人群走，一直向前走，胡同口的大排档还没收摊儿，支着雨伞，一张桌子，三个人，一地啤酒瓶。

　　余波走进公园，雨渐渐小而密，湿了皮肤，微痒之后是冰冰凉凉的感觉。时而有风，地面泥泞，房屋和街道皆被烟雾罩住，近处

我是一只鸟

我看到一条大河熊熊燃火焰烂和你
眼里深藏的雪。无数只鸽子在
寻找一只鸟，我就是这只鸟。

烟瘾.

王尔德说:青春是一根烟, 一根烟.
很快就烧完了, 可是我想问, 一根
烟, 很快就烧完了, 那烟瘾过足了
吗?

若隐若现，远处一片混沌，天幕低垂而灰暗，偶有小鸟仓皇而飞，像是要躲避风雨却又无处可逃，公园里的鲜花和小草都可怜兮兮地颤抖着，一副狼狈不堪的样子，撑着伞的人小心翼翼地迈动每一步，深怕一不小心陷入泥洼，没撑伞的人反倒泰然自若地前行。

那雨，下得细碎，下得纷扬，余波丝毫感受不到春雨湿润的情调和诗意，反显得形单影只，失魂落魄。余波看见雨从遥不可知的地方飘下来，像要让惆怅充塞天地之间，飘在水池上，飘在河流上，飘在高耸的山峰上，飘在张嘴欲吞的山谷中，飘在城市现实而坚硬的水泥地上，飘在乡村缭绕的炊烟上，飘过少女弯弯的睫毛也飘过老人深刻的皱纹，飘在过去和未来的梦中。

接近傍晚，天晴了。一道彩虹，夕阳正好，空气清新。余波继续在街上瞎逛，脸上挂着笑，偶尔尾随一位妙龄女郎步入时装店，偶尔跟踪一位风姿绰约的少妇来到水果市场。

夜色降临，月光很好。余波走进一家书店。余波想，逛书店很好，没有服务员来问你需要什么，没有谁凭你的着装来判断你的财力以及与之匹配的消费水平和社会身份，完全可以为逛而逛，不必因为不买任何东西而对热心的服务员抱以些微的愧疚。余波看到自己的书摆在书架上，无人问津，就像自己一样，孤零零地张望着书店里来来回回走动的人。

余波饿了，他决定回去。那段日子余波每天都在网上跟麦子聊天，麦子是个单纯的人，余波越来越怀疑自己一直爱着麦子，可惜余波对爱情是个门外汉，他和麦子有很美好的回忆，但他不想无限地唤醒这些回忆，觉得为了使幸福重现的种种努力大概只会磨损幸福，回忆幸福可能比什么都要妨碍幸福。余波想起麦子带自己去酒吧，那是他第一次去酒吧，气氛和情调都很好，他和麦子坐在一个忽明忽暗的角落抽烟喝啤酒，看进进出出的红男绿女，夜晚在一种摇摇晃晃的节奏中渐渐陷入无趣，他们互相看对方，余波想要抱一下麦子，却被拒绝了。余波对自己说："你完了，你必须独自面对黑夜。"于是余波从酒吧落荒而逃。

麦子说天下的男人都一样，余波无奈地笑了笑说，我也是男人。麦子这样说，或许因为她觉得余波应该跟别人不一样吧。余波明白，在麦子的世界里，肉体仍然是神秘而羞耻的，因而背负着沉重的原罪，而在自己的世界中，肉体已无禁区，但诱人的禁果也早已不在这里。余波确定自己窥见了结局，这世界的结局就是，大家把择偶和爱情混为一谈，最后沦为悲剧。

"人生的道路像一杆秤，正好可以称出这残剩的呼吸的重量。"这是余波花了一夜看完的《山河入梦》里面的句子。他突然特别想喝酒，但他没有，他觉得自己醉酒以后，会看到更多的迷雾。

余波越来越相信《人面桃花》里陆秀米说的话：每个人的心都是被围困的岛屿，孤立无援。

岛屿，孤立无援。余波望着窗外轻声问："麦子，你睡着了吗？"

雾里看花

我上高中的时候，流行叛逆，似乎不叛逆就不好意思跟那个时代站在一起，就如同今天流行个性。那时每个人都积极地把叛逆的标签贴在自己身上，盖了叛逆的戳才能凸显超凡脱俗，并获得姑娘的青睐。

那时候，生命的全部意义在于背诵课文以及做作业，因为只有这样才能实现考高分的终极目标。虽然没有任何一条法律规定学生不能看课外书，不能跟女同学聊天，但这些都归于无处不在的"第二十二条校规"，能让我在高中三年"浩劫"中顽强活下来的主要原因是我还有依赖和期待，除了对象牙塔乌托邦似的美丽幻想外，还有香烟和姑娘。香烟和姑娘这两样我一直当成精神生活对待，是我的必需品。

后来，香烟渐渐失去了它原初的魔力，但姑娘和大学却仍然像成人世界吸引孩子般吸引着我。

那天的那个时刻，我坠入爱河。关于柏拉图式，我很想换种说法，这种不甚明了的说法让我特别看不惯，就像很多人喜欢说堂吉诃德式，而事实上他们连塞万提斯是新疆人还是西班牙人都分不清。

我牵着那个女孩的手，内向，矜持，传统的手，手心里的汗珠可以穿透我手掌的皮肤，渗到我的血液里，流到我全身每一个角落。我们就这么手牵手向纯洁的爱情迈进。那时候我看了不少莎士比亚。事物的背面通常比正面更先吸引我，这个倾向使我得以亲身体验了某些莎士比亚戏剧的悲剧气氛，现在想来与我当初立下为诺贝尔文学奖奋斗终生的大志差不多一个意思。古典悲剧常常很壮丽、悲怆，使人澎湃汹涌地掉泪，捶胸顿足咬牙切齿地哭号，而生活里真正的悲剧，往往是融入了喜剧色彩，所以真正的悲剧，会沉重地让我辈凡夫俗子无力高声哭出来。

关于悲剧和宗教的认识一定就是我爱情破产的诱因。高考结束后，对酒当歌，人生远离代数几何。我像刑满释放的囚徒，雄心不止万丈地准备脱胎换骨改头换面重新做人，嚷嚷着要跟过去一刀两断，以后互不相欠，以一个全新的没有历史污点的身姿投入未来。不久我如愿拿到录取通知书，那天晚上我跟许多人喝酒并放肆地谈论宗教，悲剧，神话。

那场与过去割袍断义的酒局上，我把所有人弄得晕头转向找不着北，他们根本不明白我在说什么，包括那些拿到了北大通知书的腕儿们。唯一的结果就是让他们以为我是在羞辱他们，我透过自己朦胧的醉意看着同样笼罩在醉意之中的他们，这情景触动了我的兴奋神经，我哈哈大笑起来，所有人都感觉受到了愚弄似的，结果不欢而散。其中还有那个姑娘，我与她一拍两散形同陌路。

但是另一段记忆此时跳出来横亘在我的目光和白纸之间，咄咄逼人喋喋不休地指出我的谬误所在，在那场酒局结束之后我还曾死皮赖脸地向她保证只爱她一个人，永不相忘，一如那些狗血言情剧的对白。

难道我真的爱上她了？我分不清真相。

直到很久以后我才发现，我触及过爱情，她也是。但我的爱情不是她的爱情，她的爱情也不是我的爱情，我们都爱着各自的爱情跟对方在一起，临别时又都身处自我营造的爱情感伤中，割舍不下对一种心理习惯的倚赖，于是忍不住承诺着终生不忘于江湖尔后才转身立刻相忘于江湖，就像即将永别的人们依然勉力微笑着说再见然后永不再见一样，那只是一种生活方式在临死前的一阵垂死挣扎后获得的回光返照而已。

田园交响曲

　　写下这个题目并不是要讲述一段美好的田园生活，事实上是跟大家聊一下安德烈·纪德的一部小说，小说的名字就是文章的题目。

　　一位慈悲为怀的牧师以其慈悲之心拯救了一个少女，一个从小失明，生活在贫穷落后的山村，智力相当于小孩的盲人少女。牧师用现代的知识教育她装备她，教她识文断字，使她摆脱蒙昧，培养她独立思考，让她意识到自我。后来牧师又以宗教的力量给以感化，使之成为伊甸园中之人，没有道德观，没有羞耻感，没有罪恶感，天性善良，快乐并且幸福。对，我描述的差不多就是天使，牧师就是要小心翼翼地把她培养成人间的天使，没有人比牧师更爱盲女，牧师的爱是纯洁的宗教之爱，没有隐私，没有占有欲，超越世俗的负有原罪的爱情。盲女是幸福的，因为基督说：你们若瞎了眼就没有罪了，就像古希腊著名悲剧《俄狄浦斯王》中俄狄浦斯杀父娶母后刺瞎双眼才能获得灵魂的安宁那样——盲女天生就有眼疾，这是她的不幸和幸运，天国就在她心中，她看不见黑暗。

　　牧师的儿子雅克爱上了盲女。一个俊美的青年男子，正在尝试爱情，面对一个单纯的怀春少女，在世俗中，爱情当然像春天来临那么自然。但盲女爱的是牧师，她清楚地感受得到，这世界上再没别人比牧师更爱自己，加上牧师让她拒绝雅克，在牧师的眼里，儿子对盲女的爱只是一种亵渎，一种伤害。他及时地制止了儿子。雅克对牧师说："爸爸，我希望大家幸福。"而牧师指出："你是希望大家顺从，顺从生活的法则，社会的约束。"牧师渴望这人间一切世俗都把美好善良的盲女忽略过去。雅克继续挣扎："顺从中存在幸福。"但牧师毫不留情："有的事只是幸福的结果，把幸福的结果作为幸福去追求，只会破坏幸福。"在牧师的心中，唯有天国的爱才是幸福的，而现世的婚姻，是世俗的灾难。

　　盲女对牧师的爱起初让牧师觉得那么自然，尽管这份爱深深地伤害着牧师的妻子，以及他的儿子。牧师从来不给盲女讲诵圣经中圣保罗的话，那些所有有关人类的恶的事，然而盲女渴望知道——渴望知道，这就是人类背负的原罪。就像夏娃想吃掉那颗果实，不管后果多么严重，她都选择看见，选择明白，她屏弃无知。

　　有一天，盲女的眼疾治好了。她不再是盲女了，这就意味着她离开了伊甸园，掉落了人间。她第一次明白了颜色，颜色原来就是这个样子，原先多少次的想象，牧师关于颜色的多少个精湛绝伦的比喻在亲眼目睹的事实面前都相形见绌，苍白的记忆那么不堪一击。她看见了天空多么辽阔，纯白、蔚蓝。光，色，她都看见了，她也看见了黑暗，这是无可奈何的事，她看见了自己的罪：牧师的妻子脸上深刻的皱纹，皱纹间夹杂着嫉妒和愤怒，悲伤和绝望；而牧师的儿子，已成了隐修院士。她也看见了牧师，牧师其实并非原先她在天国时候想象的样子，她以往在内心一直珍爱着的那个形象恰恰是牧师的儿子雅克，她后悔自己原先拒绝了他，她不再是天使。

"罪又活了，我就死了。"圣保罗这么说。

盲女终于听到以前不曾听到的圣谕，她感到自己是有罪的，这罪大得唯有死才可以获得赦免。死，是尘世的了结方式，因为即使重新刺瞎双眼，她也回不去了。

而其实，她未必想回去。

chapter 3

梦想再大也不嫌大，
追梦的人再小也不嫌小

人生像一棵树

一个人的会议

如果不能生存，谈何理想

看得见的城市

相见不如怀念

我在这个角色里，独自欢愉

我的美梦无从着落

忘却还是怀念

差异

聊天

每一个角落，每一个你

人生像一棵树，

如果你是食人树，

每吃掉一个人就会多一个人远离你；

如果你是一棵给行人遮阳的梧桐树，

那你的身边永远会是欢声笑语。

人生像一棵树

我已经三十几岁，也不知道算不算站到了人生的中间，毕竟自己说了不算，姑且这么希望吧。

我做过很多对不起别人的事儿，可能这源于自私的本性。因为我始终认为要想对得起别人，就得对不起自己。大多数时候，我都选择了对不起别人。

我打小就认定了人生来孤独，都得靠自己罩着自己。于是我谁也不理，决定孤身一人探寻这个世界，虽然也跟大家一起上学一起放学，偶尔还表现得跟大伙儿耍得不亦乐乎，而内心却是不折不扣的小独行侠。

小时候唯独有一次跟别人真正意义上的合作，是因为三只兔子。

那时我在上小学，住的是一家挨一家的四合院。邻居刘叔养了三只兔子，一到下午就把它们放养到院子里，它们就在院里跳来跳去。我每次路过刘叔家院子，都会隔着门缝去看一会儿，那三只兔子在我眼里都没有毛，而是三盘冒着热气蹦来蹦去的兔肉。那时候，吃肉少。

刘叔喜欢给街坊邻居的小孩子讲故事，我从来都不爱去听，但那段时间我经常去刘叔家里假装听他讲故事。利用那段时间，我潜伏在小孩儿堆里拉拢了几个同党，并对刘叔家儿子小武进行了长时间的思想动员，极尽所能描述兔肉是多么好吃，虽然我也没吃过，但最后还是看到小武嘴角流下了一串口水，我的语言天赋也可见一斑。终于时机成熟了，我通知早就撺掇好了的几个坏小子，伙同小武里应外合，把刘叔家的三只兔子全偷出来烤了吃了，后来栽赃给了黄鼠狼，而小武就是有力的目击证人。

现在想来真有点羞，但还是不得不说后来再也没有吃过这么香的兔肉。罪过，罪过。

做了对不起别人的事儿都会心有余悸，以至于我总怀疑22岁那年在丽都饭店不远处的早点摊儿跟人打架时咬了我一口的人，是其中一只兔子投胎转世的，因为手腕上的伤疤怎么看都像是兔唇——兔子急了也会咬人。

之后的岁月，我又做过无数次对不起人的事儿。

上高中那会儿迷恋上网，成天腻在网吧，但实在是没什么钱。虽然我还是不大合群，但以实用主义原则为指导，偷了我爸几包"大熊猫"，是绿色铁盒的那种，就是那种过滤嘴特别长的，然后以这几包烟当敲门砖，混到了一帮大孩子中间，经过无数次蹲在学校外边院墙根儿的烟话会，终于跟几个老手学会了不花钱上网的专业技术，跑到网吧篡改后台登陆。那期间，收银台的小姑娘被老板骂哭好几回，不过后来东窗事发了，我也被打哭了好几回。

那之后改不了后台了，但是没钱上网的现实还得面对，于是我和另一个同学合谋趁放假把学校宿舍窗户上的铝合金边儿全卸下来拿去卖，最后因为太多运不出去，干脆把学校铁门也拆下来卖了。那时候也没监控，后来我俩逼着一个经常被我打的家伙顶罪，他真的一声不吭就认了，差点儿被学校开除。

比起以上这些劣迹斑斑，往楼下宿管大爷头上倒洗脚水，抢别人女朋友，欺负过弱小女同学这些都算小事件了。

做对不起人的事儿，有时候是为了生存，有时候是因为欲望。

后来我逐渐发现，欲望这东西害人。比如我初三那年偷了我表哥的色情杂志，开始想入非非，那一年都没怎么长个儿，而且身体状况也不怎么好。上高中后有了女朋友，但一直保持着纯洁的男女关系，那时候"纯洁的男女关系"还保持着它的原意。幸好的是那时候迷上了打篮球，身体得到了充分的锻炼，也慢慢强壮和高大起来，为后来欺负别人奠定了基础。

我上过两次大学。我不敢把名字说出来，免得给母校抹黑。

第一次上大学的时候，我喜欢上了一个女孩，追了很久我们才有了那种男女关系。不久，我离开了这所大学，去了另一所大学。我早就知道自己要走，但我没告诉她。这就是我不地道的地方，我为了对得起自己，所以选择了对不起她。

我走之后的第二个月，回学校看她。我走到自习室外面的窗台，瞧见她正坐在一个男生的腿上，有说有笑，而且最重要的是那个男生是我在这所学校最讨厌的人。我心想太可气了，正想冲进去怒杀西门庆的时候，迎面飞来一只篮球，砰——我应声而倒，实打实地闷到了我脑袋上，我怀里抱着的玫瑰花散了一地。

大概那只球是上帝派来砸醒我的，那件事儿以后，我开始反思自己。

我想自己做了这么多对不起人的事儿，以后会不会变得很凄惨。想着想着，就想到了那三只兔子，它们在我脑海里蹦来蹦去，后边跟着我的一屁股烂债。我就是从那个时刻才考虑自己的将来会怎么样，那之前从来没有想过这个问题。

无论如何，我还是改变了。做选择的时候，开始先考虑如何对得起别人。那之后最大的变化是，我身边聚集了越来越多的人，很多人都有一肚子的话要跟我说，这是我之前从来没有感受到的。

我认为这个转变不仅改变了我自己，也改变了别人。其实人生的纠结，大多源自自我的无法改变，就像我更年轻的那些年，花了很多时间和精力来对得起自己，最终却不快乐。后来我花了很多时间和精力来对得起别人，内心的那些跌跌撞撞却都消失了，性格也逐渐明亮起来。然后我乐此不疲，尽量不让自己人生的任何一个脚印下边埋有别人的痛苦。

我赚到钱之后，有一年春节的假期买了三只兔子到刘叔家。刘叔已经双鬓斑白，笑眯眯地盯着我手里的兔笼。

我说，刘叔我就是当年偷了您兔子的黄鼠狼。

刘叔说，我早就知道，进屋坐吧。

喜欢讲故事的刘叔，那天给我重新讲了我们小时候他给我们这帮孩子都讲过的一个传说。

动物界有一种灵猫，它修行成仙的过程中，每修炼到一个阶段就会多一条尾巴，达到九条尾巴就能成为猫神。但第九条尾巴极难修炼，要满足人类一个愿望，当愿望达成时，它就能长出第九条尾巴，而正因为它承诺了人类的愿望，与此同时也将失去一条尾巴。这只猫不停完成人类的愿望，也不停失去能让自己成仙的第九条尾巴，几千年来灵猫不停修炼，不停地完成人类的愿望，也不停失去自己的尾巴。在得到和失去的轮回中，灵猫极端痛苦。最后除了有一只修行了数千年的灵猫还在继续着艰难的修行，其他灵猫都放弃了。

一天，一个小男孩儿上山砍柴迷了路，被狼群围住，它们目光里充满了贪婪和凶残。这时一道白光闪过，一只硕大的猫蹲在小男孩身边，身上的毛犹如白雪，身后长着八条尾巴。群狼十分惊慌，眼神里充满恐惧，四散而去。灵猫对男孩说："你得救了，我可以帮你实现一个愿望，无论这愿望是什么，好好珍惜这个机会，许愿吧。"天真的男孩并未惊慌，想了想说："我只有一个人，从来没什么愿望，真不知道该许什么愿，让我再想想吧。"猫点了点头，跟着小男孩儿回了他家。过了很久，男孩儿还没许愿，灵猫说："你必须要许愿了，告诉我你的愿望吧。"男孩儿说："为什么一定要帮我实现一个愿望呢？"灵猫把修炼的事情跟小男孩儿说了。男孩儿想了想，对猫说："我真的没什么愿望，我不需要金钱、地位。你曾经救过我，如果非要我许愿的话，那我就请求天神赐给你第九条尾巴吧！"灵猫直直地望着男孩儿，它没有想到男孩儿会如此简单地对待这诱人的机会。这时一道金光落在猫的身上，猫的第九条尾巴慢慢地长了出来。整整三百年，它搭救了无数人，帮他们实现一个又一个愿望，却总也无法拥有的第九条尾巴长了出来。

九尾猫舔了舔男孩的手，流着泪无声无息地离去了。灵猫修炼了几千年，完成别人的愿望，就是为了等这样一个人来完成它的愿望。以前的人都自私地为自己考虑，他们认为八尾猫为他们实现任何愿望都是应该的，从不会考虑八尾猫的感受，每一条尾巴都要付出八尾猫几百年的修炼。

那男孩一生虽未大富大贵，但万事顺好，儿女孝顺，子孙满堂。有一天，他醒来将九尾猫的故事告诉小孙子，并说他梦到灵猫来接他了，隔日老人坐在藤椅上在睡梦中安详地离世了。

或许我们每个人都是那男孩，在欲望与成全中徘徊，然后在一念之间让别人继续痛苦，也可以在一念之间许下幸福。年少时总想带着一半天使反上帝，渐渐地才明白，我们每个人的上帝都是自己。

人生像一棵树，如果你是食人树，每吃掉一个人就会多一个人远离你；如果你是一棵给行人遮阳的梧桐树，那你的身边永远会是欢声笑语。

一个人的会议

张楚在床上浑浑噩噩躺了好多天，具体是哪一年的哪一天，他都不知道，只知道窗外一片漆黑，还有就是知道自己快死了，正躺在某家医院的病房里。月光和院子里的灯光把窗外的树变成两种影子投影在对面的石灰墙上，墙根下隐约可见的枯枝败叶服服帖帖地趴在地上。张楚抬起头，手臂上方的吊瓶在一滴一滴地往下滴毫无意义的针水。氧气通过细管均匀地送到鼻腔里，让张楚想起童年时坐在父亲的自行车前杠上感觉到的迎面吹来的微风。吊瓶里的气泡不停向上翻滚，像有一条无形的鱼在里面游来游去。这一切让他强烈地感到时间的存在，也让他感到了离死亡的距离。

直到张楚醒来那一天，他活了60多岁。张楚的一生平平淡淡，庸庸碌碌，没有出奇的艰难险阻，也没有什么能让他回想起来值得骄傲的事。张楚没有妻子，没有后代，没有冒险，没有任何大家认为应该要有的东西。年轻时，张楚经常做过一个奇怪的梦，梦见自己躺在医院的病床上，奄奄一息。所以，他预感自己将死在病床上，正是这预感让他无法抵御对医院的恐惧。从 60 岁生日的前一天心脏病发作开始直到这一天，他已经耗尽了所有的积蓄和精力，他觉得自己距离死亡不远了。

一想起死，张楚就觉得恐惧，但他深知自己无法阻挡死亡的来临，他只是想利用随时都会消失的时间总结一下自己的一生，这个想法却被一种兴奋打断了。这种兴奋十分复杂，大致包括对死的恐惧，对生的机会的渴望。张楚甚至认为自己会重生，这种感觉很强烈。

俗话说"日有所思，夜有所梦"。这天他梦见一个衣着整齐的年轻人面带微笑站在他面前。

"你好！"年轻人举起手跟张楚打招呼。

"你是谁？为什么会在这里？"张楚几乎欠起身来。

"别动，你必须躺着。"年轻人赶紧从容地扶住张楚的肩膀，并用一种柔和的姿势坐在病床前，透过单薄的病号服，张楚明显感受到了年轻人手掌的温度。

年轻人把一只手放在嘴边，神秘地说："我可以给你一个实现你内心想法的机会！"

梦中的张楚认为医院管理实在太混乱了，以至于让一个精神病人深夜跑进另一个病人的房间。万一被吓死样子该多难看。他懊恼地按着身边的铃。

年轻人说："别按了，不会有人听见。你现在处在自己的内心世界，你眼前的一切仅仅是你想感觉到的一切，并不在现实当中。"

"我为什么要信你？"张楚严肃而警惕地看着年轻人。

"你当然要信我！"年轻人把脸凑得离张楚很近，"这是你最后的机会，让你平静地离开是我的职责。"

"哦？平静地离开？我真要好好谢谢你，呵呵！"

"只是看来你对这个世界还恋恋不舍啊，其实你不必对死亡生气，它是饭后的水果，它将带给你永恒的宁静，而且代价仅仅是你不能支配自己的身体。"

"我警告你，你现在已经严重地侵犯了一个病人的权利。我现在不需要天堂，不需要一个把自己当神的神经病，更不需要与神经病人谈话，我需要休息！"梦中的张楚把被子拉过头顶，捂得严严实实。

"既然你那么想活，"那个人慢慢站直了身体，"我可以给你重新活一次的机会。"

"你刚才说什么？"张楚把被子掀起一角。

"我说我可以给你重新活一次的机会，只是有一定的规则。"

"什么规则？"重生的强烈欲望，让张楚不得不回到这场对话中来。

"你在这个世界上待了这么多年，你知道，"他伏在张楚面前，伸出一根手指在张楚胸前画着无形的小圈，"世界的每个角落都充满规则，我敢说，你将要听到的规则比你之前听过的任何规则都合情合理。首先，你想重活一次这不是一个简单的游戏，更不是一个简单的任务。这个世界上每个瞬间发生的事并不是偶然的，它需要条件。也就是条件必将导致结果，条件本身和结果本身可以毫不相关，也可以部分相关。对于你现在的情况，就好比是要让后者代替前者，让前者代替后者。那么，在什么样的前提下，我们可以让条件和结果调个头呢？很简单，只要让他们完全相等！因为，只要让条件严格地等于结果，也就无所谓谁是'条件'谁是'结果'了。"

"什么意思？我听不懂。"张楚说。

"直说了吧，张楚先生。"年轻人再次站起来，"你现在即将面临死亡，而你的死亡实属衰老致死。你的一生虽然处于一个慢慢衰老的过程，但毕竟你不是一生下来就老得足以死去。换句话说，你的一生不是每个瞬间都面对死亡的威胁，虽然事实上是这样，但你自己并不知道。所以，你的死亡是'意识到自己要死的你'的事，这件重要的事并不涉及过去的你。你想重活一遍的愿望也不单是'意识到自己要死的你'的事，它也是你一生中'每个瞬间的你'的事……"

"过去的我？"张楚打断了他，"过去已经过去，已经不存在了！你能使时间消失吗？"

"时间是不会消失的！张先生。"

"你没有这个能力办到吗？"

"请思考这样一个问题：'时间会消失多长时间？'我想这会使你发疯的。"

"那么请问，你怎么满足我的愿望呢？"

"简单地说，您必须征得'过去的你'的同意。我可以安排你和他们开一次会议。其中会包括：十岁的你、二十岁的你、三十岁的你、四十岁的你和五十岁的你，加上现在的你，一共是六人。顺便说一句，这种提法有点荒谬，因为这'六人'都是你自己，只是不同时期的你，但本质都是你。至于规则嘛，我说过，非常合理，只要'六人'中有超过'三人'同意你现在的意见就可以了。而且，你可以任意选择自己喜欢的年龄开始'活'。"

这时，门突然打开了，闯进一个蹦蹦跳跳的小男孩，虽然在整个房间只有微弱的光线，但他好像站在阳光下一般明亮。他转动着大大的眼睛四处张望，最后目光落在张楚这里。张楚有些害怕，怕吓着他。但小男孩却高兴地向张楚的病床走来。他的眼睛就像荷叶上的水珠那样清澈，而捕捉他们就像捕捉蝴蝶那样吃力。张楚伸手抚摸他的脸，光滑柔软得仿佛不可能存在一般，而他却咯咯地笑着后退了一点，也许是由于张楚的手太粗糙而使他发痒的缘故。张楚对小男孩说："来，别怕，让我摸摸你。"小男孩非常小心地把脸凑近张楚的手，刚一碰到他又笑了，笑得比上次还厉害。没错，张楚认出来，这的确是十岁的自己。

正当张楚为这栩栩如生的情景激动的时候，从门外又走进来四个人：二十岁的张楚、三十岁的张楚、四十岁的张楚和五十岁的张楚。他们一个比一个抽缩，一个比一个暗淡，让张楚想起历史课本上从猿到人的进化示意图，不过好像要反过来看。

"先生们，欢迎来到你们自己的内心世界。"那个年轻人开口了，"今晚请大家来是要进行一次重要的会议。请记住，这是一次会议而不是聚会。你们可以就某个观点任意发表意见，说出任何平时由于种种原因没有和别人说的话，但有一点，你们必须真诚地说出来。这次会议由躺在床上的这位先生主持，至于主题呢，还是由他来告诉你们好了。那么，我的简单介绍就到这里。"

"有什么结果请告诉我。"他伏下来悄悄地对张楚说，说完年轻人便消失了。

张楚被其他五个不同年龄的自己围住了，左边是十岁、二十岁和三十岁的自己；右边分别是四十岁和五十岁的自己。除了五十岁的自己在关切地看着张楚以外，其余的一律在惊讶地相互打量。我们姑且分别用年龄来称呼各个年龄段的张楚。二十岁穿着一套名牌运动装，张楚想起来了，那时自己还是一个爱赶时髦的大学生，甚至连头发都有好几种颜色；三十岁身穿一件黑色的夹克，戴一副树脂眼镜，张楚想起来了，那时自己还是一家外资公司的小职员，痴迷文学，甚至还梦想当一名作家；而四十岁呢，情况就有所不同了，穿一套笔挺的西服，腋下夹一个软皮包，张楚想起来了，那时自己已辞职，整天忙着办公司；五十岁略带忧伤，呆呆地看着张楚，张楚想起来了，那时自己做了亏本生意，每天看着存折上渐渐减少的数字犯愁。

张楚现在才知道，记忆也有排泄的功能，我原本认为一清二楚的事其实只是记忆的排泄物。

"真想不到，"五十岁首先开口。"我竟患上了心脏病！"他轻轻掀起被子，看到张楚浮肿的脚后叹了一口气，然后又轻轻盖上。

"想开点，"四十岁说，"人生不就这样。"说完便把一支抽出的烟在张楚的脸上方递给了三十岁。

"我觉得今天大家在一起是为了讨论该怎样来走自己的人生道路，以便更好地完成我们的事业。"四十岁提高嗓音说。他的 Zippo

打火机"叮"地响了一下，又"哒"地响了一下。

"我觉得今天大家在一起是为了讨论该怎样保养身体！"五十岁反驳道。"尤其是你们两个，"他指了指三十岁和四十岁说，"应该早早把烟戒掉！"

"你们都太让我失望了！"三十岁冷冷地说，"难道这真是我的未来么？你们真的把芊芊抛弃了么？"

"忘了你的芊芊吧，"四十岁失去了耐心，"她并不存在，她只是穷书生幻想的对象。你现在可能还没意识到你真正的问题。从有人类以来，他们面临和解决的问题就是贫穷！而贫穷就是一切道德罪恶的根源，冲突和战争也由它而产生。如果我没有记错的话你现在应该在读海明威吧，你一定以为发现了真相了吧？其实远远没有，一百个海明威也改变不了你奴才的宿命，或许你该读读历史本身，而不是历史的结论。"

"对不起，我不想再跟你这样的钱串子谈下去了，"三十岁说，"你的嘴巴里充满了铜臭味道！"

"铜臭？哈哈，任何词藻都伤害不了我。文学青年，当你真正懂文学的时候你根本不会再需要它。文学根本不在书里！卡夫卡说过："这世界是一条绳索，是用来绊倒人的。"我曾对这句话深信不疑，可是后来我发现，我上了书的当！我的结论是：这世界是一口井，唯一的出路是往上爬！"

"我不管你现在在干什么，我是不会放弃写小说的。也许你就是我的未来，但这不关我的事。"三十岁用蔑视的语气说。

"小说？不要再做无意义的舞文弄墨了！你可以把小说给他看看，"四十岁指了指十岁，"这和他的作文没有任何区别。"

二十岁笑了笑对三十岁说："我还没想到我会写小说！你们干什么我都支持！不过，我就想知道我和方芳有没有结婚！"

"忘了那个女人，"三十岁轻蔑地说，"任何女人都不要相信。因为女人不信任何东西，她们是悲剧的缔造者。"

"女人靠直觉做事，她们没有任何错！"四十岁瞥了三十岁一眼，然后对二十岁说，"她们不需要相信任何东西，她们本身就可以是任何东西！"然后他把微笑的脸对准三十岁："想想你是怎么喜欢上文学的吧，假如不是她抛弃你，你还会拥抱文学吗？"

三十岁气得直发抖。张楚能理解他，因为张楚曾经就是他。也许三十岁认为四十岁是个小丑，却反倒被小丑侮辱了。所以他转而对二十岁说："我希望你能认得清人生的道路，不要再贪图这片刻的欢娱了。也许你现在不能接受与方芳分手的事实，但至少在以后的时间里你应该多留一些时间给你的内心。"

"我当然能接受与她分手！"二十岁像是听到什么好消息一样，眼睛里闪烁出双倍的光芒，高兴得几乎叫了出来。"所有人"无不惊讶地看着他。"我想知道我还会遇到多少女人，她们都是什么样？"二十岁小心地补充。

"这太让人兴奋了，"四十岁说，"看到了吧，他并不是浮士德。他甚至连选择的过程都不需要，因为世上没有魔鬼，也没有上帝。"

三十岁不再说话。他把烟头狠狠地摔在地上，独自向窗户走去，把头斜依在墙上，双手交叉在胸前，绝望地看着窗外的黑暗。

四十岁走到二十岁面前，友好地拍拍他的肩膀说道："记住，任何时候都不要被痛苦蒙蔽。痛苦就是缺乏，而不是无知；快乐就是满足，而不是什么追求真理。你的问题问得很好，每个男人都想在自己一生中经历无数次的艳遇。事情不会自动发生，你总得支付点什么，比如：钱……"

"你有什么资格提'钱'这个字！"一直默不作声的五十岁打断了他，"你还以为你可以变成百万富翁呢，是吧？"

"我当然可以！"虽然四十岁声音很大，但明显已经非常不安了，"我有做生意的头脑，虽然我刚意识到这点。我不信谁会比我做得更好！况且我还有一个在这方面十分厉害的朋友。我相信我的智慧，我更相信他的勇气……"

"忘记他吧，"五十岁说，"他是你这辈子遇到的最后一个骗子。你赚的钱现在存在欧洲的银行，就在他的账号上。"

"我的钱在我这里！"四十岁慌慌张张掏出他的信用卡在五十岁眼前晃动，"你不记得了吗？啊？"

"谁都不理解我！谁都不理解我！"三十岁用一种哭腔带来了一片鸦雀无声，"父母无情的责怪已经够我受的了，没想到连我自己也……"他用额头轻微地撞击着墙壁。

十岁以一种更大的哭声阻止了三十岁的抽泣。成人世界的奇怪现象把小家伙吓坏了，小嘴张得老大，而大大的眼睛已经闭紧，眼泪顺着被嘴撑开的脸弯弯曲曲地流下来。

接下来的场面颇耐人寻味：二十岁用笑脸安慰十岁，不时地拍拍他的小脑袋，四十岁友好地传了一支烟给三十岁，并不时地拍拍他的肩膀。

当一切哭声停止的时候，五十岁语重心长地对"众人"说："我理解你们，毕竟你们的现在是我的过去。其实我们都是一样的，想尽一切办法在别人面前证明我们的价值。也许这很浅薄，但这浅薄也许很深刻，因为很难得到，也很难摆脱。比如说吧，我们都想对别人说：'我是一个非常不平凡的人。'于是我们就去取证据给他们看，最终我们的生活就被淹没在取得证据的途中，所以我们归根结底还是一个平凡的人。就像卡夫卡的《审判》所讲的，人是不该反抗任何东西的。《审判》的主人公，也就是我们大家，在努力证明自己清白的过程中却不断地在犯罪，最后，或许因为太累，或许因为罪孽太深而不得不'像条狗似的'死去。"

五十岁接着说："我活了五十年了，在这五十年里，我爱过很多东西：女人、文学、金钱，也以同样的程度排斥过这些东西。但是不管我在爱什么和恨什么，总是在犯同样的错误：总是觉得什么事太不该发生或是什么事太应该发生。这世界上既没有'不该'发生的事，也没有'应该'发生的事，这样想只会点燃你的欲望而不会点燃你的灵魂。希望是药物而不是食物，必须小心使用。对于现在的我来说，一个人吃饭、睡觉、散步组成了我的生活，也组成了我的幸福，再没比这些更真实和快乐的事了。在两年前母亲去世的时候我意识到了这些。"

"母亲？"其他人默默地念道。

"是的，母亲。父亲在五年前死于心脏病。当时我并没想太多，但是母亲死的时候，我目睹了整个火葬的过程。我尽量想象那些火焰在灼烧我自己，这是我向她赎罪的最后的、可笑的方式。"

"每个人都有自己的痛苦，也有自己理解痛苦的权利。"三十岁说。

"对，痛苦和痛苦差异太大。"四十岁说。

"我们今天晚上是来干什么的？"二十岁突然问了一个很关键的问题。

所有人都把目光集中到张楚这里。张楚觉得房间里瞬间布满了眼睛，这些眼睛慢慢地聚拢，慢慢地向他靠拢：哭泣的眼睛、嘲笑的眼睛、仇恨的眼睛、冷漠的眼睛、失望的眼睛……各种各样的……

张楚快喘不过气了，双手牢牢抓住氧气管大叫道："来人啊，救救我！"

那个年轻人又出现在了他的面前。

"可怜的人，不要怕。"

张楚像个孩子那样把头帖在他的胸前，他慢慢地抚摸着张楚的后脑勺。

"你的会议进行得怎么样？"

"不要再问了，我很害怕！我真是愚蠢至极，竟然会提这种愚蠢的要求。"

"为什么呢？可怜的人。"

"他们都有未来！他们自己的未来！唯独我没有，我没有！"

"不。不是'他们',是你自己。"

"是的,我自己。我连现实都不相信,还会信死亡吗?我真是蠢透了,如果'条件'和'结果'完全相同,那不就是'什么都没发生'吗?"

年轻人突然变成和张楚一样老,甚至比张楚还老,比张楚还要衰弱。他的脸皱得仿佛被挤压过似的,一字一句地说:"人生本来就什么都没发生,你也不必感到任何羞耻。"说完他便大笑起来,然后消失了。

张楚醒过来倒吸进一口气。他怎么会做这样悲伤的梦?人生难道真的什么都没有发生过吗?不是的。梦想当作家的他、梦想成为百万富翁的他、追求爱情和失去爱情的他,都曾经活生生存在过,快乐或悲伤,他都一一感受过,这就是人生。

如果不能生存，谈何理想

总是有人问我，你有什么理想？

大概我该回答，荣华富贵。这是绝大多数人的终极目标，一旦到了这个层面就到顶了，再往上也想不出什么新鲜东西了，荣华富贵实现不了起码要活着，纳税交粮、娶妻生子、养老送终。好朋友陆远老是跟我说："能跟你侃理想的那都是穷人，有钱的谁不知道钱好啊！"可我记得，陆远曾经的理想，是做个诗人。

谁都曾有理想，而且放在手里怕捂着，放在嘴里怕咽了。尤其年少的时候，那时候有的是没被打垮的勇气，我们骨子里流着一样的热血，我们同样地为梦想奋斗，我们同样地为自己抉择，我们同样选择一条路并且有勇气坚持下去。长大后，我们一样歇斯底里地沉默。

命运赐给每个人很多颠沛流离，让我们对理想日渐敷衍。关于热烈的青春，即使雨水很凉，也要在风雨中飘扬，绝不能向现实缴械投降！

为这些，我愿倾我所有。

直到后来，这些年少轻狂终于连同青春淹没在柴米油盐酱醋茶里了。很多人连生活的根本是什么都不知道，就等于不自知，不自知的人还能知道些别的什么呢？一个人，无论你想成为什么，无论你的理想有多大，首先你要学会养活自己学会自立——以前我认为这句话很扯，因为我自以为生活中必须留存一些我们流逝的骄傲。后来，当我饿得没时间去实现理想，我打算背弃从前的一切。

我的意思是，不是为了理想我不会去赚钱，但理想的实现一定是跟现实有关的，如果不是那就是空想。

我的理想是什么？

我想有一所面朝大海的房子，就是我自己的房子，我想在里面裸着身子放声大唱或者号啕大哭都无所顾忌的房子，我在房子的保护下，而不在任何目力的注视中。首先我得去赚钱，你想，这可是海边的房子。

我想有一个爱人，乐意的时候我一遍遍喊她的名字，她也不厌其烦地每次都会答一声"亲爱的，我在"。爱人需要穿漂亮衣服，用好的化妆品，这样她开心，她才漂亮。

我还要一个女儿，我给她取一个温情的名字，给她想要的一切，她不听话的时候我就听她的。所以她要 Hello Kitty 我得有钱买。

我要我妈妈幸福地过后半辈子，活在以她儿子（就是我）为傲的梦幻中，有空的时候，而不非得是清明节，我们回老家，去祭扫外公的坟墓。如果道路还是那么崎岖，妈妈自然地趴到我背上来，站在墓前的时候，安静地给外公烧纸，想像我外公在第一次见到我爸爸的时候，都问了些什么，然后就把女儿交给了他，然后有了我，爸爸在我犯错时怎样拿棍子打，怎样打完后又吻我的额头……然后我和妈妈回家，并央求她把过去的事讲给我听，然后有一天妈妈先我而去，我在清明节去她的坟前为她唱歌。所以我得有钱让她安享晚年。

没有现实，就没有理想，都是梦。世间没有一个姑娘敢轻易嫁给只有一包行李和一本诗集的流浪汉，虽然我也坚信没有一个女人会轻易鄙视一个认真为自己理想而奋斗的男人。这事儿蛮拧，说不清。

这个世界没有赢家，与生俱来的困惑总会伴随每个人。先生存下来，再去追求生活，再去追求生活的意义，这是永远无法颠倒的顺序。理想，爱情，等等，在没有生存下来之前都是可望不可及的奢侈品。

看得见的城市

一

或许缘于文学艺术的影响，我打小对大海就强烈地渴慕着。碧海蓝天，黄金海岸，椰林飘香，古老的渔民在沙滩上拾贝，如果渔民家还有个漂亮迷人的姑娘，那是何等澄澈的世界，仿佛覆着一层迷人的诗意，我琢磨着应该没有人能在这样一种纯粹的美面前不动声色，更何况如那时的我一样不更事的少男少女。

我一直认为，所有生活在不靠海的地方的人都应该做过一个诱人的关于大海的梦，情节可以千差万别，但地点一定是在某一片大海的边缘。我有过很多这样的梦境，所以为了寻找梦境，我去过很多海边城市。

多年前我第一次到海边，站在穿过海峡的大船的甲板上，其时是秋天，正值黄昏，太阳在海天交接处探头探脑，羞涩一笑间，便用浪花给海水织就了一袭斑斓的华袍，城市和乡村都在前方，在太阳般温情目光的抚弄中，像要睡去。这段描述，概括了年少时的我

雨是云的梦，云是雨的前世。
树没有眼睛，落叶却是飘落的眼泪。
每个人最终和自己越长越像。
思念是没有翅膀的鸟，在心里日日地停留飞翔。

我怀疑你呀
哪怕你说地球是绕着太阳转的
或者
地球比足球大,

花都是笑,

一切未达成的 都是梦想,

这句原创
终于没有温柔的痕迹了

对海的印象。

事实上心境与青春有关，当青春不再，再到海边心境一样是干涸的。忧逝伤生过，褪尽了少年挥斥方遒的意气和指点如画江山的情怀，剩下的只是些愤世嫉俗的余绪和老气横秋的面庞。种种美好，只是青春带给我们的错觉。

二十九岁，我去国外的一座岛上待了一段时间，年轻时以为那里是可以诗酒人生的世外桃源，应是富贵温柔乡，纸醉金迷岛，其实只是臆想。

海边拾贝对于游人自是诗意横生，对于渔民，只是发窘的现实，无力购渔船扬帆远航的现实。随便找个乡镇逛逛，才发现贫困俯拾皆是，望眼疮痍满目。那些土得掉渣的房子，不约而同地垂头丧气；那些面带菜色满街疯跑的孩子，仿佛精神和身体都发育不良；那些男人成天衣衫不整，脚上挂着鞋拖儿喝着茶以学者般地态度兢兢业业地研究着彩票——这是他们唯一的事业。

那些乡村公路更是毫无诗意，晴天一身灰雨天一身泥，只有老旧的手扶拖拉机载着拥挤的客人在上面气喘吁吁地爬行。

而城市的繁华，也只是假象。繁华的广场角落，聚集着大量热衷表演的乞丐，这么说或许过于苛刻有失厚道，但我不明白为什么那么多身体健全的大活人去从事这份职业——如果乞丐也算职业的话。每次看到他们，我都会有如临深渊的战栗感，无法视而不见，又很难释怀于掏一张零钱去购买便宜的善心。有时暗忖，我这样的想法是不是也算自我作秀以凸显自己比别人高尚？看到他们熟练而麻木地伸出乞讨的手和眼里对金钱赤裸裸的欲望，我并没有鄙视。

在众多沿海城市，看惯了一批又一批游客带着圆梦的意愿赶来又带着梦圆了的幸福离开，我没有不以为然，很多人一生能看到大海一次也未必，这样的欣喜理所当然。他们是大海的过客，大海也无意留着他们，他们注定只能与大海有一面之缘，他们可能是带着想象中的一见钟情离开的，这于大海，未尝不好。能留下来的只是些打算安享晚年的老人和坐地淘金的商贾，他们会慢慢了解那些城市，他们之中有人会真的爱上那些城市，也一定有人会因为失望透顶，对所谓的一见钟情嗤之以鼻。

二

除却自己的童年，那些翻过去的青春，那些自以为是的文字，那些自以为好听的记忆，还有那些说不完的话，喝不完的酒，冷静的审思，和永不停歇地奔波，都发生在这个城市。

路还铺在原来的地方，仿佛在等我。朋友都在，爱人也在，理想还在等我。我需要这些。某种意义上，我怎样努力或许都从没属于过这里，但庆幸我从没决定过让自己在这座城市消失。

对海边城市侃侃而谈的我，事实上生活在四季之中春秋已被遗弃，夏天酷暑难耐、冬天又冷得令人畏惧的北方内陆城市。但大伙儿说这儿很好，我也不否认。

任何海边城市，相对于北京来说都偏悬边陲，不像这里，得到过多少帝王的眷顾。

北京的美是包容而温暖的。这座城市的骨骼里，有浩浩荡荡的历史车轮，所以它不会孤独。有这样一方水土，有这样一群人，他们从有容乃大的历史瞳孔里得到了抚慰。

商家突然一致看好房地产，仿佛全中国人民都要来这里奋斗、居住，他们一股脑狠下血本，让一栋栋高楼如雨后春笋般破土林立。可地并没那么多，于是那些老建筑好多都被拆除。

时至今日，北京还有着一些不完美，并不顺畅的交通，和偶尔来袭的雾霾。但时至今日，艰辛万分的北漂，夜幕包裹下的人群还在忙碌着，还在这座城市里寻找着自己的梦想，北京的霓虹灯依然为奋斗的北漂们照亮前途，同时也照亮了人心。

相见不如怀念

拎着 CD 机到院子里晒太阳，音量开得很大，抽烟，听歌。

那英的歌声像漂亮的云团，遮住骄阳。

相见不如怀念，

就算你不了解，

我那冷漠的眼，

你为何视而不见，

对你不是不眷恋，

也许心情已改变，

被你拥抱的感觉，

开始像个冬天……

我没想到爱情，只想到一个画面：一个漂亮姑娘手扶着栏杆，依着爬满藤蔓的红砖墙，面对着空旷的大广场，像一个猝不及防长大了的孩子，面对生活的纷乱感，世界固有的不公和残忍，爱情的冷酷和遥远，企图留住什么。

太阳把皮肤照得暖洋洋的，偶有凉风徐来。

不去想明天会怎样，不去想待会儿吃什么好，这样的时刻很好。就像我日夜思念的姑娘正依偎在我的身旁，跟我聊天，听我唱迷人的情歌；又或者张扬和陆远此刻正在院子里坐着，互相贫嘴，针锋相对，正儿八经地吹牛。

此刻谁都不在我也可以自适，希望他们也可以。安宁，平静，享受，像此时此刻的天气一样有着优雅的分寸感。

杂七杂八想了很多，包括一大捆红花花的票子和一个情投意合的漂亮姑娘。

临近黄昏，想起从前，想起某个姑娘。我爱她，所以思念她，这样的逻辑推理简单明了，像第一次剃光头一样直截了当，大不适合黄昏时分的气氛。思念是一种温柔的病毒，而爱是这样一个词，它专门描述一场化学反应——黄昏真是召唤比喻。

一首歌不会永远唱不完，不管什么旋律什么节奏，这道理太浅显。

太阳开始下山，风亲吻我的嘴唇变得冰冷，我想我该从这种情绪中出来了，虽然有淡淡的伤感和不舍。

趁黄昏还在，我走到街上。修鞋的师傅百无聊赖地坐着，煎饼果子的味道无比张扬地从远处游走过来，开车出来摆摊儿的人排了一溜儿，十块钱可以买四双阿迪的袜子而且颜色随便选。我像个特务一样混迹于喧哗的人群，到处都是形形色色的眼神儿，眼神儿和眼神儿偶尔调情。

走过美容美发店，姑娘们大量聚集在那里，透过玻璃窗可以看到她们细微的举止。她们真的很可爱，甚至有一种我还没能明白的东西正在悄然感动我，此刻我不需要诉说，我觉得很充实，我觉得我是在与世界交流。我又一次想起生命中的许多人，可爱的和不那么可爱的，我喊他们名字，我听到他们说，我在这儿。我不需要见到他们，我能够感觉到他们。

我爱他们，就像我思念那个姑娘一样。

一整天我都没说一句话，但这并不意味着枯燥和沉默，所谓沉默其实是说话，是怎么说也无法说出想说的话。我开始想家，我觉得十八岁以后我就成了没家的人。家不只是一所房子一些人，还有一种温暖的氛围和强烈的归属感，让人不觉得压抑，更不会陌生。

在这个意义上，家是需要去追寻的，是需要去建立的。我没有再大的志向，只想有一个梦想的家，和那个怀念却见不到的女人。

但我深信我给不了她幸福，所以，不如不见。

相见，不如怀念。

我在这个角色里，独自欢愉

尚未到来的生活总是充斥着各种可能性。正因为变化才是生活的本质，才让信仰变成了精神的必需品。在巨大的波动之间，我们需要信仰将我们支撑着，从一个端点到另一个起点。巨大的可能性随时都可能发生，它们在暗示巨大的变化的同时，也暗示了我们没法随意的计划我们的生活，既不能低估上天可能给予的恩赐，也不该小看它所安排的厄运。

我时常会想象自己最后会变成怎样的一个人。在道路上遇到的每一个人，都会猜测那会不会是将来的自己，或者本就是此刻的自己。

史铁生曾经写过一篇文章叫《好运设计》，他说人在困苦的当头，不如随心所欲的设计一下自己的来世。先让自己占有几项先天的优越之处，然后出生在一个恰当的家庭，遇到一对开明的父母，经历一段丰沛的童年，在青年时期找到了奋斗的目标，紧跟着遇到一段美好的爱情和令人欣羡地终成眷属。生活里事事称心，顺利和圆满，仿佛梦中的场景。虽然是一场好的设计，可是迷失在了虚无的结果，失却了对过程的欣赏，没有痛苦谁会停下来享受过程中每个拐角的韵味呢。于是失却了想象和激情，最终也令这场推敲变得索然无味。

一次乘坐公交车停在十字路口等绿灯，两个发送传单的孩子在车流中，他们依次向每辆汽车的窗口发送着房屋销售的传单。红灯过后，他们匆忙地跑到路边，他们中的一个转身的一刻，居然几乎和我用了同一个动作，似乎自己也在那一刻转过身来，看着车流继续奔走，然后再瞧一眼自己手上的传单，等待着下一个红灯。

一次在天桥上看见一个中年的男子，他坐在一个小桌前做着给手机贴膜的活计。我经过时，他正在给旁边的人讲不同手机屏幕的区别。他侃侃而谈的样子和自己同别人吹嘘时那种自鸣得意的神态是如此地相似，似乎就是自己拿着一个小小的床头桌，来到天桥下一块荫庇的地方等待着要贴膜的客户上门。

公交车的售票员，商场的销售员，街边的拾荒者，路边卖唱的人，递送餐饮的送餐员……我一直觉得如果站在他们的位置，自己也或许如此，我可能就是他们中的任何一个，在大家不小心对视的一刻，我和他其实也许没有什么不同。

"人生就是一个抛物线，初始的地点和初速度就已经决定了你的轨迹，你以为你是自由的，其实早已有了计划。"大学时老师说过，"你只有奋力地燃烧你自己生命的能量，才能改变这轨迹分毫。"从这点来说，其实我与那些自己想施以同情的人，也许并没有差别，只因为开始那一刻存在的差异，最后变成了今天的不同。于是这种同情有时就变成了一种巨大的愧疚感，那种占据了好的可能性，而让别人落入不幸的愧疚感。

所以，每每听到有人发出"那人这个年纪了，还没有……"的类似的言论时，我都觉得非常的羞赧。说出这样话语的人，趁着自己年轻，是如何高估了自己的可能性，而低估了别人所做出的努力啊。

有人说，人的成功大体上来说都是运气。你看到一个落魄的人也许是一个非常努力的人，却没有获得相应的好运；你遇到一个成功的人，也许他完全没有努力，只是总是时机恰好。所以对于落魄的人，我向来不敢报以任何的不好的评价，每个人的机缘和机遇都不同，看到这一刻的结果，却永远无法知道这个结果之前藏着怎样的过程，而这个过程之前，曾经埋藏过多少丰富的可能性。

过去人们对于一个失败的人，往往认为是因为其"不幸"，可是在一个平等的社会，人的失败往往就直接归咎于个人的"不努力"，然而，很多的失败仍然不过是机缘所致，不同的可能性之间的变化，或许仅仅只是因为他人比你多存在了一些可能。每当自己静下来考虑自己这些年以来的经历，如果不是恰好遇到一些人，遭遇了一些事情，又把握好了一个恰当的时机，我完全不可能会是现在的样子。回想起来，我就像沿着一条窄小的独木桥，一路走来，稍有不慎就可能走向了与现在截然不同的岔路。

身后的独木桥，让自己面对面前更多的可能性时，变得无比小心和谨慎，但同时也深切地明白，自己的选择和最终结果之间的鸿沟是没法利用此刻的谨慎来填充的。有个朋友告诉我，限制都是自己给的，"顺其自然，等车来接就好"。这也许就是面对可能性最好的方式，就像已经投下的骰子，自己能做的无非是等待，等待它旋转、翻转、碰撞，从一个面跳跃到一个面，然后又跨向另一个面，最后结局落定。

也许有一天，自己也会被人在背后指着说，"都三十多岁的人了，还租房子住"，"都四十岁的人了，还坐公交车"。也许有一天，自己也会羡慕同龄人仿佛被好运设计过的生活。也许有一天，自己也会成为自己曾经同情或嗤之以鼻的人。但是，如果每天都尽量按着自己的选择，过着此刻不后悔的生活，那么无论生活给自己安排了怎样的剧情，自己尽力扮演好了自己的角色，便就做到了所谓的"无愧于心"吧。

就像是，如果我用心跳了一支美丽的舞蹈，请鼓掌；如果不合你意，就当我在这个角色里，独自玩得欢愉。

我的美梦无从着落

关于我的青少年时期我还能记得很多，成年后的事情却大多都忘记了。小时候我个子很矮，现在的身高成了我长大的印记；上小学时我很胖，现在瘦。

初中我有一个同学叫常思进，无愧其名地常思进取。而我，袁语，名字叫出来都是软绵绵的，也是名副其实地不思进取。思进很思进，连个头都比我高出不少。我们在任何一个地方偶遇，我都需要仰视他，可一向轻狂如我尽管没什么资本也很可能选择视而不见。

他和我有很多不同，比如脸型，他是竹笋脸，尖而瘦；我面如满月，圆而胖。而更大的不同在追求上，他凡事追求科学并正确，我也追求正确但我更追求有趣，如正确而无趣那我宁可错误而有趣，大抵这就是导致后来我们分道扬镳的根本原因。

后来，我沉迷于玩乐，他很上进，还上了免费的国防大学。对于他所上的学校我并不了解，或许正如传闻所言跨入仕途平步青云也未可知，我并无丝毫艳羡。他在南，我在北，从此天各一方，音讯杳然。

初中还有个女同学叫亚晨，一个不管是微笑或者哭泣都惹人疼惜的姑娘，像未满月的萨摩耶犬似的人见人爱，神秘却并不如蒙娜丽莎似的朦胧，尤其是她微抿嘴唇的时候看上去善良而感伤。

或许这并不是亚晨，而是我一段无从告人的美梦。那时我尚未看过那么多爱情片，对男女之事有着朦胧而抒情的希冀，不如现在这般直截了当，很难再产生任何山高水长的意味。

一次我放学回家，经过一条小河，看见亚晨在河边洗衣服，我悄悄来到她后面。天气很冷，她弯下身时洁白而柔软的腰肢露了出来。我在想那露出的皮肤会不会着凉，我想脱下衣服给她盖上，我小心翼翼地被一种美好的情愫感动着——那感觉很温暖、很细腻，好似无声的春雨落在河流上，落在丝绸上，落在瓦房上。

后来亚晨转学了，而后听说她结婚了，而且快生孩子了。我不知道这意味着什么，只认为那是在走人生的一个程序，我始终惘然。我想象着她老公陪着她走在大街上，她挺着大肚子，骄傲的大肚子，幸福的大肚子，充实的大肚子。这情景有某种令我垂涎的满足，也有某种让我嗤之以鼻的滑稽，我因种种可能的艳羡和滑稽而痛心。我曾觉得尤其是她，她的花样年华不应该如此俗白的落幕，应该上演一出如《天方夜谭》里王子和公主的故事，王子应该是位英雄，在历经千辛万苦后终于携美同归喜结良缘。

小时候看世事没有这么纷繁，一点很小的事情也会显得特别有趣。临近期末考试学校会放假一周让我们自己复习，我们带着课本聚众来到郊外的野山坡上。当然不是去看书，只是一群少年站在高处看看天空，更加辽阔的天空，在天空的对比下我们的家像口深井。我们沿着起伏的山势一路飞跑，再停下来，因为风、因为草、因为一朵不知名的野花，因为要下雨了蚂蚁正在搬家，因为山坡上有个洞我们还没探访过。那些年，与我在那样的阳光和天空下奔跑的都有谁啊？

那时日子过得相当惬意，那时我们什么都不知道，那时的生活节奏何其舒缓。那是天真的时代，是泛着青铜光泽的黄金时代，也是井蛙语天的时代，天的风云尽管玄而诡，蛙却自有它的躁动的单纯。那时候生命中长满了蓬勃的野草，花儿也悄然待放，那时候太多的土壤没有开垦，未来充满着无限的可能性。

所有这些都是今天的我立足今天，用今天这双眼睛穿透一截蒙尘岁月所获得的感受，它的抒情性和主观性丝毫不亚于我站在当年那里的感受。凭着自身显现的蛛丝马迹窥视未来，假拟我依然是个初中生，那么我的真实的初中生活全都将黯然失色，我照例不懂珍惜，我大大咧咧地看着周围所有的一切发生，然后毫不在意地把目光投向未来，满怀憧憬地将青春将智慧将所有资本一股脑儿投向未来，就像那些扛着锄头的农民，面对未知的土地狠命一锄挖下去。

那时候天空一律是一种浅蓝色，无可救药的浅蓝色，一种近乎透明和无知的浅蓝色，像多情的诗人最快乐的时候所呈现地淡淡的忧郁。

俯仰之间，岁月给了我们一张成熟的脸，而过往那些细小的美好是时光留下来陪伴并温暖我们每个人生命的礼物。

或许这些都是我的美梦，而我的美梦其实无着无落，但只要是梦，它的价值大概就并不在于成真。

忘却还是怀念

喧嚣过后，一切开始归于沉寂。大地的裂缝在慢慢愈合，离开的生命已经安详地躺在那片土地下，芳草萋萋，活着的人为了新的生活奔波劳碌，勤勤恳恳。于是关于那场灾难的很多东西在被人们慢慢地——

忘却。

当初高喊着伟大的爱国主义的人们，为了争论自己喜欢的明星捐资多少面红耳赤的人们，还有蹲坐在沙发里扳着脚趾头数伤亡人数事不关己的家伙们，都已经几乎忘记那场灾难了吧。我一直坚持认为这些个行为都是极端无耻的。但遗憾的是，我当初并不是这些人中的一个，现在我却也几乎把那场灾难忘记了，并且我还将恬不知耻地认为忘却也是应该的。

地动山摇，妻离子散，灾难的场景不堪入目，可是我跟全国更多的人一样，我们没有亲历灾难，我所知道的所有关于地震灾难的消息都来自于媒体，它让我们看到在无力改变的天灾下自强不息的人们。只是这些灾难在我们未经历过的人心中的分量太经不起时间的沉淀了，也许在地震后的一个星期每个人都很真诚（我希望是这样）地坐在电视机旁关注着灾区的情况，也很真诚地为灾区的人民奔走。可是一个星期以后呢，我们每个人的生活都要继续，小弟弟要看奥特曼，大姐姐要为学分努力，更多的人要为养家糊口奋斗，于是生活开始归于平淡。种种比悲天悯人、抗震救灾、民族大义更实际的东西开始浮现出来，我们就渐渐淡忘了那时候满腔投身灾区的激情和感同身受的同情心。

可是对亲历灾难的人来说，也许灾难不仅仅是残墙断壁，更是不堪入心。我无法想象我天天居住的房屋在我面前轰然倒塌，我也没法接受我们身边的任何一个亲人突然离世，那真的太残忍了。每一个从灾区死里逃生的人都有一颗勇者的心，不只是活着出来的心更是活下去的心，尽管这更有可能是一种被迫无奈的抉择。可是灾难过去了，我知道伤痛要愈合很难，但是背负着沉重的包袱前进的脚步总会变慢的，当我们知道背负的包袱是没用的时候，何不把包袱趁早甩掉呢。我不愿意拿逝去的人说事，不过我却真的相信如果有魂，那些死去的亡灵也希望自己的亲人坚强地活着，心无杂念地创造新生活。如果，忘却对经历过灾难的人来说是一种必要，你们应该忘却。

为了生活，忘却没有错。只是当我们看到大地每个龟裂的罅隙，都别忘了在那场灾难中有很多东西值得我们——

怀念。

没有谁希望这样的灾难再次发生。只是万一不幸，有别的灾难降临到人类头上，我们回望这次地震，也许会更有信心应对。这些让我们有信心应对灾难的财富就是值得我们怀念并永世珍藏、代代相传的。

比如说对生命的敬重，这是那段时间最让我感动的东西。忘了有多少次因为从各种渠道看到有生命的离去，我泪流满面，我无法抑制。生命是个很玄妙的词，我相信谁都无法参透它完整的意义，只是我知道这是一切跟人身有关的事物存在的基础，我们必须给予每个生命以人世间最崇高的尊敬，不论国籍不论肤色不论地位不论所有可以论的东西。

再比如说对生命的渴望，这更多的像是一种精神。也许被救出来朴实的灾民从没有想过要成为世界上在地震灾害中被困时间最长纪录的保持者，甚至他们连自己能不能活着走出废墟都不敢保证，但是他们坚持住了。在求生欲面前，所有的困难都微不足道，这些灾民们对生命的渴望超出了人们的想象，达到了人类的极限。不管以后的人类会遇到什么样的灾难，只要相信生命不息，总会有救的。

还有就是善良。每一个参与救援的士兵是善良的，每一个去灾区服务的志愿者是善良的，每一个为灾区捐钱捐物的人是善良的。无论何时无论何地无论遇到什么事情，善良永远是一切美好品德的基础，我也在那场地震灾难中看到了那么多的善良，这让我很欣慰，我相信这是一个国家会进步的重要标志。只有道德的精神上的东西才终将永垂不朽。

忘却是应该的，怀念却也是必须的，当灾难不可预期地到来之后，我们个人的力量在灾难面前显得如此渺小。只是当灾难过去之后，我们要忘却该忘记的，怀念该记住的，那样我们还会有很多——

希望。

经历过灾难的人们不会再有什么更多的奢望，也许他们的希望变得很简单，衣食无忧和平安足矣。

差异

　　就南北差异的话题，我跟很多人展开过井蛙语天式的讨论。讨论的结果总是没有结果。因为就我们所接触的狭隘世界来看，大多数人缺乏讨论的基本格调，把讨论当作一场辩论赛，一个展示个人口才的机会。我比较热爱真正的讨论，却常常无意间参加了一些辩论赛。尽管我很尊重别人，在潜意识里尊重每个个体，把他们都当作可以与之精神对话的人，然而这只是我的一厢情愿。所以，最终都成了意气之争，而非交流。

　　所谓南北差异，首先是饮食上的差别，简言之就是南方人喜米北方人喜面。晓曦是南方人我是北方人，这点在我俩身上体现得淋漓尽致。还有晓曦喜欢韩剧，常常被感动得泪眼朦胧，而我认为韩剧肤浅又无趣，这大概也算是我和他的差异，但无关南北。

　　晓曦经常半夜对着电脑大笑，我一点不好奇，也不想探头过去看看他在看什么，因为我早就验证过多次，他觉得很好笑的东西我一定笑不出来。我和晓曦也谈及过南北建筑、服饰及其他，包括正在逝去的江南木屋瓦房，土家族的吊角楼，北方的四合院及青砖垒砌的城门，草鞋，还有从腋下扣扣子的青布衣服，洗衣少妇和担粪农夫哼唱的山歌儿。

有一次大北参与南北差异的话题讨论后，这个话题就终止了。因为大北说晓曦是南蛮，两个人由讨论变成了格斗。晓曦觉得这称呼是种侮辱，他必须给南方人讨个公道，结果被大北揍了一顿。我也没管，就坐在宿舍的椅子上磕着瓜子观赏，偶尔也鼓鼓掌。我早习惯了，一会儿就好。

我认为南蛮这个词儿挺好的，像一种原始生命的力，可以不守成规，用来形容一个拓荒者非常贴切，没有一丝都市青年的疲软感，独当一面，独辟一方天地，夹杂着深山老林的清新空气，扣在我身上我还觉得不敢当，我早已染上了都市的病态气息。不过我当时没说，说了必然是打群架。

后来我们再也不讨论南北差异。

其实我内心认为南北并没有什么差异，我虽然是典型的北方人，但说北方人豪爽大度实际上也有不少斤斤计较小肚鸡肠的"货色"，而且还呆板沉滞麻木市侩；说南方人多愁善感无病呻吟，晓曦就是南方人，一向很潇洒，说起豪语来也气势如虹，虽然细腻敏感，但这也不是缺陷吧，何况还细腻得深刻，敏感得优雅，所谓于大处当刀斩斧劈，于小处自精雕细刻，乃铁血真汉子也。

人和人必有差异，但我认为不是你喜欢吃面条而我喜欢吃米饭的差异，这样的差异大可忽略，我指的是会让人觉得惊讶的内在差异，这种差异并不比马德华和刘德华在相貌上的差异小。

以我之见，差是悬殊，异是区别。我比较希望我跟朋友存异少差。比如我希望我们都喜欢美女，可以是不同类型的美女因为这只是异，而不是我喜欢汤唯他却喜欢"如花姐"，这才是差。这个例子可能还有漏洞，因为美丑涉及评判标准问题，我毫不怀疑有人会觉得"如花"很美，加上有很多人喜欢用"情人眼里出西施"来骗自己。换一个说法，我喜欢杜拉斯，喜欢王小波，喜欢纳博科夫；而有的人却只喜欢张小娴，安妮宝贝。当然会有人说萝卜青菜各有所爱。

很多人不能正视差异，他们乐于大众化，坦然于大家都差不多之中，即使差异明显摆在了眼前还是下意识地把差异泛化。比如一个感情粗糙认识浅陋的北方人遇到感情细腻丰富而有卓见的南方人，便说是存在着什么南北差异，完全无视个体双方在气质和修养方面的悬殊，这是不可取的。

精神追求的道路上最好是求同存异，而求同存异又必须大家站在相差无几的台阶，若一人独立危处，则他与众人的"存异"又当另解，鹤立鸡群，曲高和寡，概此谓也。

诚愿五湖四海君正视个体差异，少累及南北其余英杰，少矫饰。

聊天

年少无知的时候，我常和一群像我一样不着调的人扯些关于宇宙和这个世界无穷奥妙的事。我们一直很执着，由悖论的涵义争到存在的荒谬，由偶然生成的历史讨论到必然实现的未来。

张扬是个不乏奇思妙想的人，我就是在中学遇上他之后变得越来越拧巴的，当然，也从他身上获益匪浅。长久以来我认为历史是偶然的，未来也是偶然的，一切都是偶然的，人类只是偶然地实现未来多种可能性中的一种。而张扬觉得一切都是必然，如买彩票或者扔硬币等随机抽样的行为的结果都是早就决定好了的一种结果，一场比赛的结果也是预先设定好的，甚至远在纽约的一棵树的树叶枯黄飘落和澳洲一只树袋熊出生的时间，这些都是必然。如果有一双全知全能的眼睛来观察和判断，能轻易地综合我们这个系统中的所有可能性——所有所谓的偶然，从而得出一个必然。未来，提前存在。

我并不信他的话，但是我开始怀疑自己。于是拧了。

这类争论，必然不了了之。然后我们相互感叹智力的有限和意志的薄弱，而且认定自己肯定没爱因斯坦聪明，所以不能像爱因斯坦同志一样工作和思考。类似谈话在我们之间进行了多次，与正式思辨完全无关，讨论到最后会变成攻击对方使用语言时的疏忽，继而整个过程脏话连篇，让周围人听得很不舒服，但我们沉浸其中并不以为意。

我们的聊天没有任何目的，这挺好的，要知道酣畅淋漓的对话在现实里是多么困难。长大以后的聊天更多都是利益的博弈，让人厌恶，我经常在谈判桌上忘记自己身处何地，时不时目光呆滞，虽然嘴上还在机械地吐出一些话语，心里却一直会浮现另一个与人对话的镜像，即使周围坐满了人，但与他们无关。

周围的人都彬彬有礼，让我抓不住自己的情绪，难以自控。人是容易落寞的动物，是由莫名其妙的材料组成的，在什么都抓不住的时候，就需要有人和自己说话，没人说话就会失控，于彷徨中猛然做一件意外的事儿是一点儿也不意外的。所谓意外，就是不按常理出牌，根本不会在那个时刻做那样的事，比如半夜出去散步，冬天去阳台洗澡，大早晨起来吹一瓶牛二。全是因为寂寞。

如果对话是公平的，真诚的，无芥蒂的，不掺杂功利心的，在一个戴着彬彬有礼、温情脉脉的面具的冷漠世界里，会让人觉得很温暖，很真实，很能让人感受到力量。

所以周围坐满了人不重要，重要的是有人和你放松地说话。

每一个角落，每一个你

　　躁动夏天的某个午后，空气里充斥着各种味道，我们一群人在露台上从太阳落山喝到天亮，啤酒瓶歪七扭八摆了一桌子，一直绵延到地上，已经没地方下脚了。酒精在我的身体里来回激荡，反复敲打我的心脏，然后再去诱惑我的过往。

　　大概每个人都一样，当酒精麻痹了大脑，都恍如回到从前。和熟悉的人过早已陌生的生活，去熟悉的饭店和几个多年不见的人信口开河。可是很遗憾，清醒之后，生活还是依旧，剩下那些人依然猫在各自的角落，偶尔聚到一起打发日子的，包括一起谈感情的人，还是眼前的那些，永不停息。上学时，我们喜欢谈论一切，对感情的看法只有一个：只有不相爱了才能分开，不然就会永远在一起。说这句话的时候，我们年轻得能拧出水来，现在已经三张多了，才意识到一直以来我们犯着一个多么愚蠢的错误。

　　即使醉了，有些人和有些事大家仍然不敢提起。比如某个你爱得撕心裂肺的人突然消失在你的生活中，你一直都处在歇斯底里的找寻中；比如你曾经执着的某件事情，终于在周围的一片唏嘘声中以失败告终，但你始终还想再去尝试一次。

爱过的人会说，我拥有过幸福，一直拥有到我开始怀疑幸福，我希望拥有亲吻她的力量，我们会结婚，也许是明年，也许还要很多年，我们将以这样或那样的方式在一个房间里生活，我们会一起走在阳光明媚的春天，温暖彼此，温暖整个旅程。

只是很多时候，旅程还没开始，就已经结束。

每个人对生活最初的理解都一样，认为生活是属于自己一个人的，人人生来彷徨——当你在街角徘徊无助的时候，没有人牵引你；当你被突如其来的大雨浇成落汤鸡的时候，为你送伞的人也不知身在何处；更不用提当你生病卧床的时候，除了父母家人，还有谁整宿不睡觉给你盖被子。

心底深处曾经奔跑在阳光下的那个少年，慢慢消失不见，年少时的梦想也像错过的航班，你只能仰头看着天空，望眼欲穿。你不知道飞机搭载着自己的回忆去了哪里。你还信誓旦旦地以为自己没有长大，其实时间一早已把你从街头甩到了巷尾。

生活就是这样，在我们应该享受青春年少的无忧无虑时，我们迫不及待地想要长大，等到长大了又恨不得搭时光机回到过去。但无论我们的心境如何，成长不会停下脚步。即使我们还是不知所措，即使我们永远不珍惜当下的美好，成长也不会给我们时间反思。成长的过程中，我们失去很多，也得到很多。只可惜得到的却未必是需要的，于是我们都变成了现在的自己。在感情里，每个人的内心都有一堵高墙，你狠狠地撞上去，当你头破血流找那人倾诉的时候，那个人却皱着眉头问你有没有这回事。最可怕的是，在所有的物是人非里，变得最多的是你自己。你明明想说的比谁都多，却也只是沉默，默默地一个人吃饭发呆上班回家。

别人总说你的生活真好啊，有不错的收入，有知心的爱人，有耀眼的身份。却没人知道你为了这些"真好"天天二半夜睡觉，大早晨还得早早爬起来。有人看到你厚厚的眼袋，问你怎么了，你认为终于可以有个人倾诉一下了，可结果总是几句话之后就无话可说了。

同学录很久没有翻开，或许丢到哪里也未必知道了，通讯录也已经许久没有更新过，如果不是去年过年收到一些复制粘贴的祝福短信，你甚至忘了某个人是你当年的好朋友。生活就是这样，你跟身边的人交际越来越少，变得越发的独来独往。没有人跟你深交，也似乎没有深交的必要，最多的是见面点头打个招呼。无聊时翻翻以前的日记，觉得旧时光很美好，但后来日记本也压了箱底，也许我们不想告别，但不得不告别。告别记忆中那些朴实又真诚的玩伴，告别曾经爱过又错过的美丽姑娘。

告别之后，继续顶着浮肿的眼睛继续做你的PPT，继续忙到凌晨三点回家，你不再长高，但发际线越来越高。你心里咒骂加班千百遍，却待加班如初恋，奋不顾身地去表现，努力证明自己有多么出色。你已不再需要倾诉，睡觉前苦水往肚子里一咽，早上起来装作什么都没发生一样，继续精力旺盛，继续奋不顾身。因为长大以后，每个人都深知，这个世界不会因为你的疲惫而停下脚步。今天睡个懒觉，明天就得跋涉双倍的路途。

我们总会抱怨生活把我们变成这个样子，而从某种角度上来说我们变成这样大多是自己的选择，你问过自己累不累，也想过一切值不值，最后总是告诉自己：累，但是值。谁让我们都在憧憬未来呢，我们总希望未来是美好的。希望自己成功的速度超过父母老去的速度，希望自己成功的速度超过孩子长大的速度，希望自己老去之前看到曾经憧憬的人生。说到这里，你也许已经发现，从没人逼我们这样生活，从没人逼我们去适应这个社会，从没人逼着我们起早贪黑去赚取旁人的认可。再回首，一切有迹可循。但我们依旧不愿放弃，依旧坚信幸福会来敲门，于是哪怕某个时刻我们内心颓废到荒芜，缓一缓之后，照常去上课上班，没人知道你发生了什么，更没人在意你发生了什么。

有时候我们会发现自己对待未来的偏执，但是你会告诉自己，已经偏执了这么多年了，再坚持几年也没什么。慢慢我们学会了坚强，无论谁离开我们的生活，都会欣然接受，学会了享受孤独。

可无论如何，我们依旧会放弃带着体温的床单，一大早起身去奋斗；我们依旧假装看不到眼前的红尘滚滚，拼命追逐梦想；我们依旧对早已预知到艰难坎坷的一段感情选择坚守，而且要坚守到底。我们很累，但我们总得长大，悲伤难过并不能减轻我们的负担，难过完了还是得继续扛下去，生活归根结底需要自己来扛。

套用以前说过的那句话：其实你始终相信梦想，虽然你常说你不信了；其实你始终相信爱情，虽然你常说等不到了；其实你明知道下句台词是什么，但你一样会被感动。人会变老，很多人会离开，但永远记得，无论黑夜多么漫长，黎明始终会如期而至。绝望的时候抬头看，希望的光一直在前方。

我们会继续觉得累，但我们无法停止。想想自己的初衷，想想我们所憧憬的未来，想想这个世界有那么多值得我们为之奋斗的美好，然后，继续走下去。

送给这世界某个角落里的你。

青春是恋爱的少年

都说青春是场盛宴

其实青春无比艰难

你说青春是为了理想

其实青春是为了姑娘

现实刻在眉目间

理想站在边缘

我们放弃理想去赚钱

可总是那么难

漂亮的姑娘

你站在云端

我们抬头望着你的脸

日复一日

年复一年

我们抱着吉他还在思念

她却搂着别人大把花钱

谁的青春没有遗憾

谁的青春没有寒冷冬天

青春就是这么艰难

爱情没了就是阴天

……

你说姑娘要钱

但是赚钱好难

爱情没了就是阴天

可青春原本不是为了姑娘赚钱

而是为了梦想勇往直前

现实的爱情没那么值钱

容易冲动也容易背叛

好姑娘她不会嫁给金钱

有些爱情本来就没有明天

有些爱情没了也不是阴天

青春是恋爱的少年

但对象不是姑娘和钱

和你的梦想谈场恋爱

爱情没了也是晴天

梦中的好姑娘

她总有一天来到你面前

带着笑颜和你牵手并肩

度过朴素青春

度过精彩流年